Collection folio junior

dirigée par
Jean-Olivier Héron
et Pierre Marchand

Jean-Philippe Arrou-Vignod, né à Bordeaux en 1958, est professeur de français. Il a publié aux éditions Gallimard *Le Rideau sur la nuit,* qui a obtenu le prix du Premier Roman 1984, *Un amateur en sentiments* (1987), *Le Cabinet à éclipses* (1990) et, aux éditions Arléa, un récit de voyage au Kenya : *L'Afrique intérieure.* Son dernier roman, *La Lettre italienne* (1994) a paru aux éditions Belfond.

Serge Bloch est né en 1956 à Colmar, en Alsace. Il est rédacteur en chef visuel de la revue *Astrapi* (Bayard Presse) et illustrateur, avec une prédilection pour le dessin humoristique. Pour les éditions Gallimard Jeunesse, il a illustré toutes les aventures de P.-P. Cul-Vert et ses amis (collection Folio Junior) ainsi que *Le Nez de la reine* et *Harry est fou,* de Dick King-Smith (collection Lecture Junior). Il a également publié à l'École des Loisirs et chez Nathan, Casterman et Calligram.

Jean-Philippe Arrou-Vignod

Sur la piste de la salamandre

Illustrations de Serge Bloch

Gallimard

1
La fin des classes

C'était la veille des vacances d'été, mes derniers jours en 4ᵉ 2 et j'avais le cafard.

Je déteste les fins d'année scolaire. C'est drôle parce que j'avais attendu ces vacances avec impatience. Maintenant qu'elles étaient là, j'aurais tout donné pour revenir en arrière, repartir à zéro.

– Mathilde, disent souvent mes parents, tu ne sais pas ce que tu veux.

Est-ce qu'ils ont raison ? Les grandes vacances, c'est un peu comme ces cadeaux de Noël dont on a longtemps rêvé : on passe devant chaque matin, on brûle de les avoir, et puis lorsqu'ils sont là, au pied du sapin, on ne sait plus qu'en faire, ils finissent au fond d'un placard ou dans le coffre à jouets...

Déjà, le collège Chateaubriand, notre vieux

bahut, était à moitié vide. Des poignées d'élèves désœuvrés rôdaient dans la cour trop grande. On avait rendu nos livres de classe, et les sacs pendaient tristement dans le dos comme des gourdes plates. Sinistre... Pour un peu, j'aurais regretté l'époque bénie des interros écrites.

Là-bas, sous le grand marronnier, j'ai aperçu Rémi au milieu d'un petit groupe d'internes. Il est venu vers moi, jonglant négligemment avec un ballon de foot.

– 'lut, Mathilde, il a dit, faisant passer son chewing-gum d'une joue à l'autre. Pas vu P.-P. par hasard ?

Rémi Pharamon est pensionnaire au collège. Il a beau jouer les durs avec ses baskets délacées et ses jeans pleins de trous, sa manière de renifler en se frottant le nez avec sa manche donne toujours envie de lui tendre un mouchoir, de le protéger. Au conseil de classe de fin d'année – je suis déléguée des élèves –, j'avais dû me battre pour qu'il passe en troisième.

– Un miracle, Rémi, avait commenté P.-P. avec sa gentillesse habituelle. Une première dans l'histoire de l'humanité : à ma connaissance, tu dois être le premier homme de Cro-Magnon autorisé à présenter le Brevet.

P.-P., lui, est un génie. Du moins en est-il persuadé. Depuis l'âge de deux ans, il économise pour faire dresser sa propre statue au milieu de la cour. Une statue en pied, genre Napoléon avec la main sur le foie, et cette légende : « Pierre-Paul Louis de Culbert, alias P.-P. Cul-Vert, qui honora de sa prodigieuse intelligence les bancs de ce modeste établissement. »

– Bizarre, a dit Rémi comme je hochais négativement la tête. Ça fait trois jours que je ne l'ai pas vu. Il ne descend même plus à la cantine. Ça ne lui ressemble pas.

– Je croyais que vous étiez dans le même dortoir.

Rémi haussa les épaules.

– P.-P., partager le dortoir de vulgaires internes ? Tu n'y penses pas ! Depuis qu'il a eu les félicitations, on dirait la grenouille qui veut se faire plus grosse que le bœuf... Figure-toi qu'il s'est fait donner une chambre particulière. Voilà une semaine qu'il a déménagé ses affaires et qu'il dort à la Morgue.

La Morgue, c'est ainsi que les internes appellent l'infirmerie, une petite pièce avec un lit et un lavabo juste à côté du bureau de Mme Taillefer.

– Il est peut-être malade, ai-je suggéré sans trop y croire.

– Malade ? Malade de fierté, tu veux dire, boursouflé de vanité ! Il nous a laissé tomber comme de vieilles chaussettes.

A ce moment-là, la cloche de huit heures a sonné.

– Vous allez en cours, les amoureux, ou vous continuez à roucouler ? a lancé quelqu'un.

– Philibert, a dit Rémi, un mot de plus et je te fais un pif si gros que tu ne pourras plus mettre un masque de plongée de tout l'été...

Nous nous sommes regardés. La même idée avait germé dans notre esprit au même moment.

– Et si nous allions lui rendre une petite visite ?

12

De huit à neuf, nous avions maths avec M. Pignot. Les profs avaient aussi peu envie que nous de travailler et je connaissais déjà le programme de la matinée : jeu du bac, mots croisés et encore jeu du bac... Ça durait depuis une bonne semaine et je commençais sérieusement à en avoir ma claque. D'ailleurs, ça faisait des jours que le cahier d'appel avait disparu. On pouvait sécher sans risque.

Rémi a jeté un coup d'œil autour de lui : la cour se vidait, pas de pions en vue.

– Pourquoi pas ? Ce rat de P.-P. m'a fauché mon super canif à huit lames. Je ne serais pas fâché d'aller le lui réclamer poliment, a-t-il murmuré en soufflant sur son poing fermé. Non mais sans blague...

La perspective de nous retrouver un moment tous les trois avait chassé mon cafard. Après les aventures que nous avions vécues [1], les vacances semblaient bien fades. Il fallait en profiter. Demain, ce serait fini, nous ne nous reverrions plus jusqu'en septembre.

Du moins je le pensais... En fait, je me trompais lourdement.

* Lire dans la même collection : *Le professeur a disparu, Enquête au collège, P.-P. Cul-Vert détective privé.*

2
L'invention de P.-P.

L'infirmerie de Mme Taillefer est située sous les combles. Pour y accéder, il faut emprunter la galerie à claire-voie du premier étage, pousser une petite porte et grimper les marches d'un vieil escalier branlant qui sent l'éther et la pommade contre les bosses.

Comment Pierre-Paul pouvait-il survivre dans cette odeur de médicament ?

– Bah ! fit Rémi avec philosophie. Il s'entraîne pour l'époque où son illustre cerveau sera conservé dans un flacon de formol au musée des Sciences...

Je ne suis pas impressionnable, mais l'atmosphère de l'infirmerie me rappelait des souvenirs désagréables de dentiste et de varicelle.

Par chance, le bureau de Mme Taillefer

était vide. Nous le traversâmes à pas de loup. Derrière une vitre en verre dépoli s'ouvrait la chambre de malade, la Morgue, où Pierre-Paul avait établi ses quartiers privés.

– Tu ne sens rien ? dis-je en reniflant.

– Si. Le suppositoire.

– Non, non : cette odeur de brûlé...

– Tu as raison. On dirait que ça vient de la chambre de P.-P.

Nous poussâmes la porte avant de nous figer sur le seuil, pétrifiés par le spectacle qui nous attendait.

Une fûmée âcre et noire flottait dans la pièce, piquant les yeux et empêchant de bien voir. Dans un coin, un petit réchaud à gaz, sur lequel quelque chose achevait de se carboniser dans une casserole. Ce n'était plus une chambre mais un véritable entrepôt, où s'entassait le plus invraisemblable monceau d'ustensiles qu'on puisse imaginer : toile de parachute, ressorts à boudins, pataugas dépareillés, piolets d'escalade, boîtes de sardines à l'huile et mille autres choses moins identifiables encore...

Au milieu, prisonnier d'une sorte de sac, la tête prise dans un casque de cosmonaute, une forme sombre sautillait sur place en poussant des geignements étouffés.

Le temps d'éteindre le réchaud, d'ouvrir la fenêtre en grand et nous reconnûmes Pierre-Paul.

16

– Bon sang, P.-P., qu'est-ce que tu fabriques ? gronda Rémi. Tu t'es déguisé en saucisse de Strasbourg ?

Une série de « Houmpf ! Houmpf ! » lui répondirent tandis que Pierre-Paul s'affalait sur le lit, se tortillant comme un ver de terre. De la buée commençait à se former sur la visière de son casque, derrière laquelle ses yeux roulaient avec affolement comme des poissons rouges dans un bocal d'eau trouble.

– Vite, Rémi ! Il est en train d'étouffer !

S'emparant d'un manche de petite cuillère, Rémi fit sauter les boutons-pression, ouvrant la visière et libérant ce pauvre P.-P.

– Merci, les amis, fit-il en haletant. Sans vous, j'étais mort.

Nous éclatâmes de rire. Il avait fière allure avec ce casque sur la tête, la visière relevée, saucissonné dans un sac de couchage amidonné qui lui montait jusqu'au cou. Nous l'aidâmes à en sortir. Dessous, il était en pyjama. Mais pour le casque, rien à faire : Rémi eut beau tirer à lui démancher le cou, le casque restait fixé sur son crâne, aussi solidement que s'il avait été vissé.

– Je ne vois qu'une solution, suggéra Rémi : scier à hauteur des épaules.

P.-P. frissonna d'horreur :

– Simple phénomène physique, assura-t-il. Ma tête a dû gonfler sous l'effet de la dépressurisation.

– A l'heure qu'il est, dit Rémi, ton génial cerveau doit ressembler à un sachet de rognons sous vide... Quelle perte pour le progrès !

– Est-ce que tu pourrais nous expliquer au moins ce que tu faisais dans cette tenue ? demandai-je.

– Décidément, vous ne comprendrez jamais rien à la science, marmonna P.-P. d'un air vexé. Quelqu'un pourrait-il me passer mes lunettes ? Merci... Pour tout vous dire, et bien que je craigne que tout cela ne passe largement au-dessus de vos médiocres capacités cérébrales, j'étais en train de tester un prototype...

– Un prototype ?

– Le premier sac de couchage intégral. Une invention de votre serviteur que je compte bien faire breveter.

– Visiblement, ça ne paraît pas encore tout à fait au point, remarquai-je.

– Je te l'accorde... Encore quelques minuscules détails à régler, et bientôt vous pourrez être fier d'avoir assisté aux balbutiements d'une invention destinée à révolutionner l'histoire du camping.

– Rien que ça ! ironisa Rémi.

– Oui, acquiesça modestement P.-P. Quelquefois, la profondeur de mon génie me donne le vertige... En fait, l'idée est assez simple. Encore fallait-il y songer. Vous connaissez tous les inconvénients du sac de couchage classique : la tête reste à l'extérieur, exposée au froid, à l'humidité, aux piqûres de moustiques, sans parler des innombrables bestioles qui profitent de la nuit pour se glisser bien au chaud par les échancrures...

Sa voix résonnait étrangement dans le casque. On aurait dit M. Pignot faisant un cours magistral sur sinus et cosinus.

– Et alors ? dis-je, frissonnant à l'idée des petites bêtes rampantes dont il parlait.

– Facile : il suffit de prolonger le sac par un casque intégral de moto, de lier le tout à l'aide d'une fermeture Éclair et le corps devient hermétiquement protégé, comme dans un scaphandre.

– Lumineux ! commenta Rémi. Et c'est ton scaphandre que tu essayais quand nous sommes miraculeusement intervenus ?

– Je m'étais mis une boîte de choucroute à mijoter. En attendant, j'ai voulu tester mon prototype expérimental. Mais voilà : la fermeture Éclair s'est bloquée. Sans vous, je risquais le sort tragique des pionniers de la science, victimes héroïques de leur dévouement.

Je n'en croyais pas mes oreilles ! Une choucroute, à huit heures du matin !

– J'avais un petit creux, expliqua P.-P. Et puis, il fallait bien vérifier la fiabilité de mon réchaud.

– Je n'y comprends rien, Pierre-Paul, dis-je en montrant le capharnaüm qui encombrait la chambre. Qu'est-ce que c'est que tout ça ? Depuis quand t'intéresses-tu au camping ?

– Top-secret, fit P.-P. en mettant un doigt devant sa bouche. Je ne peux rien dire pour l'instant, même sous la torture.

Ce qu'il y a de plus exaspérant chez P.-P. Cul-Vert, c'est son don pour les cachotteries. On dit que les filles adorent faire des mystères, mais avec lui, je suis battue à plate couture.

– Tu as vraiment de la chance d'avoir un casque, P.-P., a dit Rémi comme pour traduire mes pensées. Je t'aurais bien secoué la cafetière pour t'apprendre à faire les choses en douce.

– N'oublie pas que, sans nous, tu agonisais dans d'atroces convulsions, essayai-je. Ça mérite bien une petite récompense, non ?

– D'ailleurs, ajouta Rémi, une langue mal intentionnée pourrait fort bien rapporter à Mme Taillefer tes expériences culinaires à la Morgue... Je ne suis pas sûr qu'elle aurait très envie de partager ta choucroute.

P.-P. se prit la tête entre les mains, paraissant réfléchir intensément. Avec son casque, on aurait dit qu'il tenait un énorme potiron comme on en voit dans les films d'épouvante pour les fêtes d'Halloween.

– D'accord, se décida-t-il enfin. D'accord...

Je cède une fois de plus sous la contrainte...
Seulement, l'endroit n'est pas sûr. Mme Taillefer peut surgir d'un instant à l'autre.

Il se leva, jeta un coup d'œil par la porte
entrebâillée et revint s'asseoir, rassuré.

– Personne en vue pour l'instant... J'ai
quelques rangements à faire pour remettre la
chambre en état. Retrouvons-nous à midi
juste au petit café près du collège. Jusqu'alors,
je vous demande la plus extrême discrétion
sur ce que vous avez vu et entendu ici. Inutile
d'ajouter qu'il s'agit d'un rendez-vous ultra-
secret ! Pas d'imprudence ni de retard... D'ailleurs, pour plus de sûreté, réglons nos
montres. A la mienne, d'une précision suisse
inattaquable, il est huit heures quarante-neuf.

Nous nous exécutâmes docilement. Il y a
pire que les cachotteries de P.-P., c'est son
goût du mélodrame. Mais j'étais si curieuse de
savoir ce qu'il manigançait que je me gardai
bien de protester.

– Un dernier détail : je viendrai certainement déguisé. Pas question de prendre des
risques. Pour que vous me reconnaissiez,
j'aurai à la main une plante en pot. Pas de
questions ?

Rémi hocha rêveusement la tête.

– Quelquefois, P.-P., je n'arrive pas à
croire que tu existes vraiment.

– Je sais, mon vieux, je sais. Je m'étonne
moi-même certains jours qu'une telle puis-

sance cérébrale ait pu être concentrée dans un être aussi frêle... Mais tu t'y habitueras, tu verras.

Et sur ces doctes paroles, il nous mit proprement à la porte.

3
Le rendez-vous

En fait de rendez-vous ultra-secret, on aurait pu imaginer mieux.

Le *Perroquet Bleu* est un petit café vieillot dont la terrasse fait l'angle avec la rue du collège. C'est là que Rémi vient jouer au baby-foot, le mercredi après-midi, avec Philibert et les internes. Des stores citron ombrageaient la terrasse et, de l'endroit où nous nous trouvions, attablés devant des laits-fraise, nous pouvions surveiller l'horloge placée au-dessus du comptoir.

– Moins cinq, a dit lugubrement Rémi. A mon avis, il s'est débarrassé de nous à bon compte. Il ne viendra pas.

Rémi a toujours été défaitiste. Le matériel entassé dans la chambre de P.-P., ses airs mystérieux, tout cela m'intriguait, et je m'aperçus que j'avais passé la matinée l'œil rivé sur ma montre, le cœur battant un peu plus vite à mesure que l'heure du rendez-vous approchait. Les idées qui germaient dans le cerveau compliqué de P.-P. conduisaient en général tout droit à la catastrophe, mais j'aurais voulu être plus vieille de quelques minutes.

A midi tapant, quelqu'un poussa la porte du café : une sorte de scout en short et godillots, qui ployait sous le poids d'une énorme plante verte et jetait des regards méfiants derrière lui.

– P.-P. ! s'écria Rémi en lui faisant une place sur la banquette. Qu'est-ce que c'est que ce déguisement grotesque ?

– Ma vieille tenue de louveteau, dit P.-P. à mi-voix. Elle me boudine un peu sous les aisselles. Mais comment m'avez-vous reconnu ?

– Je ne connais aucun scout au monde qui porte un casque de moto et une fougère de deux mètres de haut !

– Pas pu trouver autre chose, expliqua P.-P. J'ai dû emprunter la plante de Mme Taillefer.

– Mais le casque ? dis-je en me retenant pour ne pas hurler de rire.

– Toujours coincé, mais idéal pour préserver l'incognito. Astucieux, non ? D'ailleurs, savoir s'adapter aux circonstances a toujours été la marque des grands esprits.

– En tout cas, remarqua Rémi, tes facultés

d'adaptation ne sont pas passées inaperçues.

Un silence sidéré était tombé sur le café à l'entrée de Pierre-Paul et tous les regards convergeaient vers nous.

– Monsieur prendra une paille avec son diabolo ? demanda le serveur, goguenard, en prenant nos commandes. Et pour la plante : eau plate ou eau gazeuse ?

Nous attendîmes qu'il se soit éloigné pour bombarder P.-P. de questions.

– Un peu de patience, un peu de patience, dit-il, tâchant de glisser sa paille sous la mentonnière du casque avant d'aspirer une grande lampée. Le marchand de journaux n'ouvre que dans une demi-heure. Vous ne saurez rien avant...

Ses simagrées commençaient à devenir franchement exaspérantes. J'allais le lui dire quand il reprit :

– Mettons à profit le temps qui nous reste pour régler un petit préalable. Quels sont exactement vos projets pour les vacances ?

– Mes projets ? répéta Rémi en haussant les épaules. Ma mère est complètement à sec, comme d'habitude. Alors, les vacances...

– Moi, je ne pars qu'en août, expliquai-je. Je vais à La Baule, comme chaque année.

– Génial ! dit P.-P. Absolument génial !

Je ne voyais pas ce que la perspective de passer le mois de juillet seule chez moi, couchée sur mon lit, à me ronger les ongles en regardant des feuilletons débiles à la télé, pouvait avoir de si génial. P.-P. était-il devenu fou tout à coup ?

– Ça coïncide parfaitement avec mes propres plans, continua-t-il. Si je résume, vous êtes tous les deux libres comme l'air ?

– Écoute P.-P., intervint Rémi avec humeur, tu ne crois pas que tu nous as assez fait marronner comme ça ?

– Quelques secondes de patience, dit P.-P. en se levant. Le temps d'acheter le journal et vous pourrez tous les deux me baiser dévotement les pieds.

– Mathilde, me dit Rémi en regardant s'éloigner la petite silhouette grassouillette de P.-P., ce type est complètement cinglé ! Ce n'est pas un casque mais un entonnoir qu'il devrait porter sur la tête.

J'avoue que moi aussi je commençais à douter de la santé mentale de Pierre-Paul.

– Trop de maths, dis-je. Le carré de l'hypoténuse lui sera monté à la tête... A moins que ce soit ce casque qui lui ait dépressurisé les méninges...

Nous nous tûmes un instant. P.-P. a beau être le garçon le plus exaspérant que je connaisse, c'est dur de voir un être jeune et plein de promesses sombrer subitement dans la démence... On dit quelquefois qu'à l'approche de l'été et des grandes chaleurs, des gens comme vous et moi ont les plombs qui lâchent : sans raisons apparentes, ils mettent le feu à des forêts ou découpent des enfants en rondelles pour les faire cuire dans l'huile d'olive...

Était-ce ce qui arrivait à P.-P. ? J'eus un petit frisson de recul quand il revint s'asseoir, brandissant triomphalement son journal.

4
La chasse au trésor

– Mes amis, commença solennellement P.-P., l'heure des explications a sonné... Sachez d'abord que vous n'avez plus devant vous Pierre-Paul Louis de Culbert, élite incontestée de la 4e 2, mais le futur vainqueur de la plus grande chasse au trésor organisée dans l'Hexagone !

Il ménagea une pause, mesurant à notre air ahuri l'effet de ses paroles.

– Mais commençons plutôt par le commencement... Quoique ce cher Pharamon ne soit pas un fanatique de la lecture, vous connaissez sans doute *La Dépêche,* excellent journal auquel ma sœur vénérée, Rose-Lise de Culbert, est abonnée depuis quelques années... J'étais chez elle l'autre dimanche quand, par un hasard littéralement miraculeux, je suis tombé sur l'article que voici.

Il tira de sa poche un morceau de papier plié en quatre qu'il nous tendit.

– Bien sûr, je pourrais improviser l'un de ces résumés synthétiques et brillants dont j'ai seul le secret, mais il vaut mieux que vous en preniez connaissance par vous-mêmes.

– Très obligeant, P.-P.

– Sans vouloir te froisser, mon pauvre Pharamon, je me suis souvent demandé comment vingt siècles de culture avaient pu produire ce boyau racorni qui te sert de cervelle.

Rémi ouvrit la bouche pour répondre. Mais qui peut se vanter d'avoir jamais le dernier mot avec P.-P. Cul-Vert ?

Ravalant une grossièreté, il se plongea avec moi dans la lecture de l'article.

PARTEZ À LA RECHERCHE
DE LA SALAMANDRE D'OR !

Cet été, notre journal organise pour ses lecteurs une grande chasse au trésor.

Une Salamandre d'Or, œuvre du grand sculpteur Roberto Bolognese, a été dissimulée quelque part en France.

Le signal du départ sera donné dans notre édition du 6 juillet sous la forme d'un premier indice, soumis à la sagacité de nos lecteurs.

De site en site, à travers l'une des plus belles régions de France, découvrez les nouveaux indices qui vous conduiront au terme de la quête et devenez propriétaire de la Salamandre d'Or, une œuvre unique d'un prix inestimable.

– Eh bien ! triompha P.-P. Qu'en dites-vous ?

– Fantastique, convint Rémi. Moi qui croyais que les chasses au trésor n'existaient que dans les livres... Mais quel jour sommes-nous ?

– Le 6 juillet, précisément ! Vous comprenez pourquoi je vous ai fait attendre jusqu'à l'ouverture du kiosque à journaux.

– P.-P., dis-je, je dois avouer que j'ai douté de toi. Ainsi, tout ce matériel de camping...

– Mon attirail de campagne : le strict nécessaire du parfait chercheur de trésor.

– D'accord. Mais, très franchement, je ne vois pas en quoi cela nous concerne, Rémi et moi.

– Mais vous partez avec moi, bien sûr ! J'avais l'intention d'agir seul, mais votre intervention providentielle, ce matin, m'a fait changer d'avis. Après tout, une fille peut toujours servir à recoudre des boutons et ce bon Pharamon a déjà montré qu'il pouvait faire à l'occasion un excellent porteur.

– En quelque sorte, nous serions tes domestiques. Merci, P.-P. !

– Stanley lui-même engageait bien des indigènes quand il s'enfonçait au cœur inexploré de l'Afrique... Et puis, quel honneur pour vous, êtres médiocres et besogneux, de partager ma gloire !

– Tu dérailles complètement, P.-P. Je n'ai aucune envie de te servir de sherpa. Et puis, comment ferions-nous pour nous déplacer ? « Quelque part en France », dit le journal. C'est plutôt vaste !

– J'ai tout prévu. Nous louons des deux-roues motorisés. Toi, Mathilde, tu as déjà ton vélomoteur. Un peu d'argent de poche, une tente, mon sac de couchage intégral, quelques boîtes de conserves, et nous voilà fin prêts. La Salamandre d'Or n'a qu'à bien se tenir !

– C'est tentant, opinai-je avec regret. Mais mes parents ne voudront jamais.

L'enthousiasme de P.-P. avait déteint sur moi. Une chasse au trésor... Une balade à vélomoteur à travers la France... L'aventure... Le danger... Une salamandre d'un prix inestimable... J'entendais déjà la voix de mes parents, toujours si raisonnables : « Une fille seule, livrée à elle-même avec deux garçons sur les routes de France ? Tu n'y penses pas ! » C'est trop injuste à la fin : les filles ont beau être beaucoup plus mûres que les garçons, c'est eux qui ont tous les droits, et nous rien sous prétexte que nous sommes des filles... Je ne suis pas jalouse. Mais obligez n'importe lequel des garçons de la classe à porter des jupes et des petits machins ridicules dans

les cheveux, et on verra s'il est taillé pour l'aventure !

– Tu feras ce que tu veux, P.-P., a décrété Rémi après un long silence. Moi, c'est décidé : je ne partirai pas sans Mathilde. Ce sera tous les trois ou rien.

Je dois dire que j'en suis restée bouche bée. C'était si gentil de sa part que ça m'a décidée : je rallumerais la guerre de Cent Ans s'il le fallait mais, foi de Mathilde, mes parents diraient oui !

– Je reconnais bien là ton esprit chevaleresque, mon bon Pharamon, dit P.-P. Mais je crains que ton sacrifice ne soit pas nécessaire. Tu connais Mathilde : quelques larmes hypocrites, un zeste de rouerie typiquement féminine, deux ou trois « mon petit papa chéri » et l'affaire sera dans le sac.

Comme j'aurais aimé qu'il dise vrai ! Dans mon genre, je me débrouille assez bien : c'est toujours moi qu'on envoie pour faire reporter un devoir ou lever une punition. P.-P. appelle ça de la « rouerie », moi je préfère dire que je suis « diplomate ». Dans les bons jours, je pourrais vendre des bigoudis à un chauve. Mais mes parents seraient plus difficiles à convaincre qu'un régiment entier de chauves...

– Puisque les problèmes secondaires sont réglés, reprit Pierre-Paul, si nous entrions dans le vif du sujet ?

Il déplia sur la table *La Dépêche* du jour. Une photo en page deux montrait un homme corpulent, avec des poches sous les yeux et une longue barbe frisée, qui tenait dans ses bras une statuette de dragon coiffée d'une couronne et crachant des flammes.

– Regardez : Roberto Bolognese et la Salamandre d'Or, s'écria Rémi. Ce petit bibelot fera un effet bœuf sur la télé du salon.

– Pas question, s'insurgea P.-P. Le trophée revient de droit au chef de l'expédition. Article premier de la Charte des Aventuriers et Chercheurs de Trésor, dont je suis le fondateur, le président et le membre unique.

– Au lieu de vous chamailler bêtement, intervins-je, si vous m'aidiez à déchiffrer le premier indice ?

En fait de premier indice, c'était un vrai casse-tête chinois que proposait le journal.

En voici le texte exact :

*La quête tu commenceras
Sur la colline de César
Qui vit les bords de la Loire
Refleurir au temps des frimas.*

– Qu'est-ce que c'est que ce charabia ? demandai-je.

P.-P. secoua pensivement la tête.

– Aucune idée. C'est aussi hermétique que le boîtier de ma montre étanche.

– Et quand je pense que le prof de français me reproche mon style, ironisa Rémi.

Nous restâmes un moment en silence, lisant et relisant le texte de l'énigme.

– Désolé, les amis, murmura Pierre-Paul. Je n'y comprends goutte.

– Moi, je crois que j'ai la solution, dis-je lentement.

P.-P. me considéra d'un œil incrédule.

– Oui, répétai-je. Je crois que j'ai la solution : allons trouver M. Coruscant. Lui seul peut nous aider.

5
Monsieur Coruscant cogite

M. Coruscant a toujours été mon professeur préféré. C'est un homme doux et juste, un original tiré à quatre épingles qui aime les chats et les vieux livres. Avec lui, l'histoire-géo devient une matière passionnante : il connaît tant de choses qu'on dirait qu'il a joué aux échecs avec Napoléon et connu Vercingétorix enfant.

Cette année, nous avions eu beaucoup de chance. M. Coruscant était notre professeur principal. C'est avec lui que nous sommes partis à Venise, lui qui nous a permis de résoudre le mystère de la crypte et de confondre Jacques Belette. Nous lui devions une fière chandelle et j'étais sûre qu'il accepterait de nous venir en aide.

M. Coruscant habite une petite maison

biscornue, couverte de vigne vierge et de rosiers grimpants. Nous le trouvâmes dans le jardin, vêtu d'un casque colonial et d'un short immense dans lequel ses jambes maigres paraissaient flotter.

– Mlle Blondin ! Culbert ! Pharamon ! clama-t-il en nous apercevant. Surtout ne bougez pas !

Nous nous arrêtâmes, interdits. C'était un bien étrange accueil... Tapi dans la position typique du chasseur de fauve, M. Coruscant brandissait au-dessus de sa tête une espèce d'épuisette à long manche. Il en moulina l'air puis, avec un petit « Hop ! » en coiffa délicatement le vieux buste de plâtre dressé sur une colonne au milieu de la pelouse.

– Entrez, entrez, dit-il enfin en s'épongeant le front. Je l'ai eu : un spécimen rarissime de papillon des rosiers que je guettais depuis trois jours.

Pinçant sa prise par les ailes, il la glissa dans la musette qui pendait à son côté.

– Ce sera le joyau de ma collection. Mais asseyez-vous donc. Quel bon vent vous amène ?

Quand nous fûmes assis à l'ombre du cerisier, devant des limonades bien fraîches, j'exposai succinctement le motif de notre visite.

– Une chasse au trésor ? Palpitant ! Comme je regrette de n'être plus tout jeune. Je vous aurais volontiers accompagné. Une salamandre d'or, dites-vous ?

– Oui, expliqua P.-P. Une œuvre originale de Roberto Bolognese, le grand sculpteur. Mais je crains que ce soit sans espoir. Nous ne savons même pas par où commencer.

– Apprenez, mon jeune ami, que la difficulté fait le piquant de l'existence. Rome elle-même ne s'est pas faite en un jour, n'est-ce pas ?

– A propos de Rome, monsieur Coruscant, intervint Rémi, peut-être pourriez-vous nous aider à déchiffrer ce galimatias...

M. Coruscant ajusta obligeamment ses lunettes avant de lire de sa voix de stentor le papier qu'on lui tendait.

– Hum, hum, voyons cela... Galimatias, dites-vous, Pharamon ? « La quête tu commenceras / Sur la Colline de César / Qui vit les bords de la Loire / Refleurir au temps des frimas... » Plutôt complexe, en effet. Cela m'a tout l'air d'un quatrain en octosyllabes rimés, de piètre qualité je dois dire.

Cela ne nous aidait guère. M. Coruscant se gratta pensivement le menton. Nous étions suspendus à ses paroles : si lui aussi séchait, nous pouvions dire adieu à la chasse au trésor.

– Voyons, voyons, répéta-t-il. Prenons les difficultés une par une. Vous n'êtes pas sans avoir remarqué, chers petits amis, la majuscule de « Colline ». La « Colline de César » est donc un nom propre, la traduction sans doute d'un vieux nom gallo-romain... Pour ma part, je pencherais volontiers pour *Caesarodunum*. Mon latin n'est plus ce qu'il était, mais c'est ainsi qu'on appelait jadis la ville de Tours, ancienne cité des Turons et actuelle capitale de la Touraine.

– Mais bien sûr ! s'exclama P.-P. Comment n'y ai-je pas pensé plus tôt ?

Nous avions tous les yeux brillants d'excitation. Grâce à M. Coruscant, nous savions désormais où commencer la chasse.

– « Tours, récita P.-P., 250 000 habitants, célèbre dans le monde entier pour ses soieries de velours, ses pâtisseries et ses rillettes... »

– 20 sur 20, Culbert, approuva M. Coruscant. Notre hypothèse, d'ailleurs, se voit confirmée par le troisième vers qui évoque, je vous le rappelle, « les bords de la Loire ».

– D'accord, dit Rémi, visiblement agacé par le numéro de chien savant de P.-P. Mais Tours est une grande ville. Où chercher ?

– Je reconnais bien là votre caractère fougueux, Pharamon. N'oubliez pas ces mots de La Fontaine : « Patience et longueur de temps font mieux que force ni que rage... » Il nous reste le dernier vers, plutôt énigmatique, je l'avoue, mais qui devrait nous permettre de mieux circonscrire le champ de nos recherches.

– Vous croyez ? Pour moi, c'est du jus de boudin.

– Apprends, mon cher Pharamon, pérora P.-P., que « le temps des frimas » désigne l'hiver en langage soutenu. Langage qui, je te le concède, ne t'est guère familier...

J'intervins. Ils n'allaient tout de même pas se mettre à se chamailler devant M. Coruscant !

– Cela n'explique rien. Comment la nature peut-elle « refleurir en hiver » ? A moins d'un miracle...

– Vous ne croyez pas si bien dire, intervint M. Coruscant en se frappant le front.

Il se pencha vers nous, surexcité par sa découverte.

– Merci, Mlle Blondin ! Permettez-moi de vous embrasser sur le front.

Il s'exécuta tandis que je rosissais sous le compliment. Qu'avais-je dit de si transcendant ?

– Un miracle, bien sûr, continua-t-il. Le fameux *été de la Saint-Martin* ! Figurez-vous, mes enfants, que vécut à Tours, au IVe siècle, le vénérable évêque saint Martin, célèbre pour avoir partagé son manteau avec un mendiant. Quand il mourut, en 397, on transporta son corps en bateau sur la Loire. Et là, ô miracle, la nature tout entière se mit à refleurir bien qu'on fût en novembre ! Voilà l'explication de notre dernier vers.

Pour un peu, je l'aurais embrassé à mon tour.

– Fabuleux ! dit P.-P. Permettez-moi, monsieur, de rendre collectivement un hommage ému à votre érudition quasi pharaonique !

M. Coruscant hocha modestement la tête.

– Vous êtes trop indulgent, Culbert. Ce n'est que la modeste contribution d'un vieux professeur à votre palpitante aventure... Cela me consolera un peu de ne pouvoir la partager avec vous.

– Résumons-nous, dis-je, toujours pratique, pour échapper à l'émotion qui nous gagnait. Objectif : Tours, sur les bords de la Loire. Là, nous cherchons les vestiges célébrant le miracle de la Saint-Martin. Après, à nous de jouer...

Comme tout paraissait simple grâce à M. Coruscant ! J'en oubliais presque l'essentiel : réussir à convaincre mes parents de me laisser partir.

– Attendez, dit M. Coruscant en se levant. J'ai quelque chose qui devrait pouvoir vous aider.

Il entra dans la maison, ressortit peu après en soufflant la poussière sur la tranche d'un gros livre qu'il nous confia.

– C'est un guide historique de la Touraine et du val de Loire. Vous y trouverez sans doute toutes les informations utiles à vos recherches.

Puis, se tournant vers moi :

– Tenez, Mlle Blondin. Voici pour vous. Cette enveloppe contient une lettre pour vos parents et un ordre de mission officiel, signé de votre professeur principal : je vous charge de la préparation d'un exposé sur les châteaux de la Loire pour la rentrée prochaine... Ceci devrait aplanir bien des difficultés, n'est-ce pas ? ajouta-t-il en clignant de l'œil.

Cher M. Coruscant ! Comment avait-il deviné ? Nantie de sa précieuse lettre, j'étais sauvée : mes parents ne pourraient pas m'interdire d'effectuer pour lui ce devoir de vacances.

– Eh bien, bonne chance, mes jeunes amis, ajouta-t-il en nous raccompagnant jusqu'au portail. J'ai quelques papillons à classer et cette étude sur la monnaie romaine que je voudrais achever dans l'été. Mais j'espère avoir bientôt de vos nouvelles. Tenez-moi informé des progrès de votre expédition, n'est-ce pas ?

Nous lui en fîmes la promesse solennelle.

Vous comprenez maintenant pourquoi moi, Mathilde Blondin, élève de 4ᵉ 2 au collège Chateaubriand, je me suis décidée à prendre la plume. J'écrirai le récit détaillé de notre aventure et je l'offrirai à M. Coruscant à la rentrée prochaine. Tous, nous lui devions bien ça.

6
En route !

Je passerai vite sur nos préparatifs. D'autres candidats avaient pu résoudre comme nous l'énigme de *La Dépêche,* il n'y avait pas de temps à perdre si nous ne voulions pas arriver bons derniers.

La lettre de M. Coruscant avait obtenu l'effet escompté. Mes parents me donnèrent une semaine, pas un jour de plus, mille recommandations et une trousse d'urgence bourrée de pansements, flacons de teinture d'iode, pommades et crèmes antimoustiques. Ma mère a toujours une peur bleue qu'il m'arrive quelque chose.

Le temps de faire réviser ma vieille mobylette, de charger mon baluchon du strict nécessaire et, deux jours plus tard, je rejoignais Pierre-Paul à la gare.

Nous avions décidé, pour gagner des heures sans doute précieuses, de rejoindre Tours par le train. Rémi, toujours fauché, devait s'y rendre dans la voiture de son oncle Firmin. Nos vélomoteurs étaient déjà enregistrés en bagages accompagnés et, fidèle à mes habitudes, j'arrivai à la gare très en retard. Quand je déboulai sur le quai, trébuchant sous le poids de mon sac, le train venait de s'ébranler.

Je n'eus que le temps de sauter dans la première voiture. Les portes claquèrent automatiquement derrière moi : je venais de l'échapper belle !

– Beau début, dit P.-P. quand je le rejoignis dans son compartiment. Tu as failli faire tout rater ! Décidément, on ne peut jamais compter sur la ponctualité féminine.

– Ça ne t'a pas coupé l'appétit, à ce que je vois, ripostai-je en m'effondrant sur la banquette.

Pierre-Paul avait installé sur ses genoux une serviette à carreaux et s'employait à fourrer dans une demi-baguette la moitié d'un saucisson découpé en rondelles. Une boîte de pâté entamée, deux cuisses de poulet froid et un régime de bananes attendaient sur la tablette.

– Oh ! un frugal en-cas, tout au plus, expliqua-t-il en mordant dans son sandwich. Je ne sais pas pourquoi, les voyages me donnent toujours faim.

– On dirait que tu t'apprêtes à traverser la Sibérie en omnibus ! Nous serons à Tours dans une heure trente à peine.

– Ça va, dit-il en attaquant voracement le pâté. J'arriverai bien à tenir jusque-là.

Je constatai avec plaisir qu'il avait réussi à se défaire enfin de son casque. Ça m'aurait ennuyé de voyager avec un type déguisé en ovni.

– Cette fois, j'ai pris une taille plus grande, me rassura-t-il.

– Tu ne comptes pas porter tout ça ? demandai-je, incrédule, en désignant l'empilement de sacs qui tanguait à côté de lui.

– Quelques impedimenta, le strict minimum : tente à deux places, réchaud à gaz, moustiquaire, lampe-torche, piles de rechange, rations de survie, tricots de corps, sous-vêtements ouatinés, pyjama double épaisseur, fusées de détresse, quelques gamelles pour le frichti... Tu crois que j'ai oublié quelque chose ?

Décidément, P.-P. était indécrottable. Il se leva, jeta un œil dans le couloir et, rassuré, referma la porte du compartiment.

– Pas d'espion en vue... Bon, nous pouvons parler en toute sûreté. Figure-toi que pendant que tu t'affairais à rassembler de menues babioles, moi, je cogitais. J'ai étudié le guide de M. Coruscant. De la basilique érigée en mémoire de saint Martin, il ne reste plus aujourd'hui que la tour Charlemagne. C'est maigre mais, à mon humble avis, c'est là qu'il faut chercher.

C'était bien la première fois que j'entendais P.-P. parler d'humilité. P.-P. est un Himalaya de vanité, l'un des derniers sommets invaincus de la bouffissure humaine... Je m'absorbai avec lui dans l'étude du plan.

– Étrange..., murmura-t-il. Ça fait deux fois que cet homme passe devant notre compartiment...

– Bah ! dis-je. Le train est bondé, il cherche une place assise, voilà tout. Qui veux-tu qui nous suive ?

– Tu as raison. Pure déformation professionnelle : je suis moi-même un expert en filatures...

Je le laissai délirer et me calai contre la fenêtre, réfléchissant au tour inattendu qu'avaient pris les vacances. Qui aurait pu imaginer seulement trois jours plus tôt que je filerais vers l'aventure dans un compartiment de deuxième classe ?

– Tours, Tours, deux minutes d'arrêt, nasillait déjà la voix dans le haut-parleur.

J'aidai P.-P. à rassembler son barda. Le sac sur le dos, il tenait à peine debout, on aurait dit un nain vacillant sous le poids de la tour de Pise.

– En tout cas, mes menues babioles pèsent moins lourd que les tiennes, lançai-je avant de sauter lestement sur le quai.

J'avais hâte de retrouver Rémi. Nous étions à Tours et l'aventure commençait.

7
Le mystère de la tour Charlemagne

Il fallut d'abord patienter dans un bureau pour récupérer nos vélomoteurs. Nous avions rendez-vous avec Rémi sur le parvis de la gare. Il faisait un soleil de plomb, c'était un jour de départ en vacances, impossible de repérer quelqu'un dans la foule des voyageurs.

– Quelle heure est-il à ta montre suisse inattaquable ? demandai-je en louchant vers l'horloge.

J'avais soif, des fourmis dans les jambes et l'impression que la grosse aiguille de la gare progressait au ralenti.

– Bientôt quatre heures... Notre ami Pharamon a déjà plus d'une demi-heure de retard. Si ça continue, je vais rater l'heure du goûter.

Une autre demi-heure passa. Toujours pas de Rémi. Qu'était-il arrivé ? Ce genre de retard ne lui ressemblait pas, sauf les jours de contrôle. C'était plutôt de mauvais augure.

Nous l'aperçûmes enfin, hirsute et écarlate, qui se déhanchait au milieu de la circulation sur une vieille bécane toute bariolée.

– Un ennui de dernière minute..., haleta-t-il. Mon oncle Firmin a crevé à vingt kilomètres... J'ai dû finir le chemin à vélo.

– Qu'est-ce que c'est que ce clou ridicule ? demanda P.-P. en montrant le vélo. Tu ne comptes pas m'accompagner avec ça ?

P.-P., pour l'occasion, chevauchait une splendide Vespa flambant neuf, avec changement de vitesses et sacoche pour les bagages. Moi, j'avais ma vieille et fidèle mobylette.

– C'est la bécane de Philibert, répondit Rémi en lui jetant un regard d'envie. Ma mère a... euh !... une gêne passagère. Pas les moyens de me louer un truc à moteur.

– Aucune importance, coupai-je. On se débrouillera. Il faut nous dépêcher si nous voulons trouver la tour Charlemagne encore ouverte.

– Nous dépêcher, nous dépêcher... Vous en avez de bonnes, vous ! Qu'est-ce que vous croyez que je fais depuis une heure ?

La tour Charlemagne, selon le plan de P.-P., était située dans le cœur historique de la ville. Rémi avait du mal à nous suivre et, plusieurs fois, je dus ralentir pour ne pas le semer. Il faisait une chaleur lourde, pesante. Le ciel avait pris des teintes de plomb et des hirondelles tournoyaient en piaillant, ajoutant au caractère lugubre de l'édifice.

– C'est ça ta tour, P.-P. ? demanda Rémi pendant que nous attachions nos engins à une grille. Plutôt décatie... Charlemagne aurait mieux fait de se casser une jambe le jour où il a décidé d'inventer l'école et de construire ce machin.

– Inénarrable Pharamon ! Apprends donc que ce « machin », comme tu l'appelles, a été érigé entre le xie et le xviiie siècle et que, quoi qu'en pense un petit cycliste grotesque, il compte parmi les merveilles architecturales de cette ville.

– Très bien. Je te laisse faire l'ascension de cette merveille architecturale. Moi, j'ai les jambes en coton : pas question de faire un pas de plus.

– D'accord, dis-je. Rémi gardera les bagages. Pendant ce temps, Pierre-Paul et moi visiterons la tour.

Aussitôt dit, aussitôt fait. Nous mêlant aux touristes, nous entrâmes dans la tour. Si l'idée de P.-P. était la bonne, c'est là que nous trouverions le second indice. Mais où chercher ? Déjà, P.-P. s'était élancé dans l'escalier, la loupe à la main et reniflant comme un chien de chasse.

Au bout d'une escalade qui me parut interminable, nous débouchâmes sur une sorte de

plate-forme à ciel ouvert. La ville s'étendait à nos pieds en un moutonnement de toits gris et, en se penchant un peu, on aurait pu apercevoir Rémi tout en bas.

Instinctivement, je reculai d'un pas.

– Pierre-Paul, il faut que je t'avoue quelque chose : j'ai toujours eu un vertige atroce.

– Allons, du cran. Respire ! Rien de mieux que l'altitude pour stimuler les petites cellules grises. Je sens que nous brûlons.

Au même instant, je poussai un cri :

– Ça y est, P.-P. ! Je crois que j'ai trouvé !

Devant nous, bien en vue, s'étalait un bas-relief. « Saint Martin partageant son manteau », disait la légende. Au-dessous, dans un présentoir, s'empilait une liasse de prospectus aux armes de la Salamandre.

– Hourra ! beugla P.-P. Le deuxième indice.

– Mais qu'est-ce que tu fais ? demandai-je en le voyant empocher sans vergogne tout le paquet d'indices.

– Eh bien ! euh... Disons que je brouille les pistes.

– Espèce de sale tricheur ! Tu veux être le seul à trouver, c'est ça ? Qui te dit, d'abord, que nous sommes les premiers ? Si tout le monde fait comme toi, nous pouvons dire adieu à la Salamandre d'Or.

– Ça va, ça va, je les remets, bougonna-t-il.

Il marmonna quelque chose sur les filles et leur déplorable honnêteté. En fait, je crois qu'il était vexé comme un pou. Je l'avais pris la main dans le sac et il n'était pas très fier de lui.

8
Le deuxième indice

La descente fut plus rapide que la montée.

Nous étions presque en bas, dévalant les marches quatre à quatre, lorsque P.-P. buta contre un individu qui venait en sens inverse. Perdant l'équilibre, il battit l'air de ses bras et vint s'affaler de tout son long sur moi tandis que ses lunettes achevaient la descente en un magnifique vol plané.

Par chance, P.-P. est plutôt rembourré. Tout le choc avait été pour moi.

– Tu n'as rien ? demandai-je en l'aidant à ramasser ses lunettes. Le malotru ne s'est même pas arrêté !

– Tu m'as fracassé les côtes avec ton coude, gémit-il. Je ne pourrai plus jamais respirer normalement.

– C'est un peu fort ! Je viens quasiment de te sauver la vie et...

– L'homme du train, murmura-t-il sans m'écouter. Je suis presque sûr que c'était l'homme du train.

– Encore ? Mon pauvre P.-P., tu deviens parano. Il suffit qu'un malappris te bouscule et tu te crois suivi. D'ailleurs, je me demande comment tu pourrais distinguer une vache d'un éléphant sans tes lunettes.

– Tu as sans doute raison, fit-il. Pourtant, j'aurais juré l'avoir reconnu.

L'excitation de notre trouvaille dissipa vite l'impression laissée par cet incident. Nous rejoignîmes Rémi et, attablés tous les trois devant de grands verres de Coca, nous nous penchâmes sur le deuxième indice.

Je dois dire, pour être tout à fait franche, qu'il était aussi obscur que le premier.

C'était un petit texte en vers, intitulé « Le poème de saint Martin ».

Partir vers l'est ne feras point.
Telle est la quête de saint Martin.
A Ambatia, Chinon, La Flèche,
T'arrêteras pour La Dépêche.

J'avais beau me pressurer les méninges, tout cela n'avait aucun sens. Il y avait bien la mention de *La Dépêche* pour nous prouver que nous étions sur la bonne voie. Mais pour le reste, il nous aurait fallu M. Coruscant. Lui seul aurait pu dénouer ce méli-mélo.

– Une chose est sûre, suggéra Rémi, un peu

requinqué de ses efforts. Le message propose une direction. Mais laquelle ? Éliminons l'est, comme le dit le premier vers. Reste Chinon et La Flèche. D'après la carte, ce sont deux villes de Touraine. Le problème, c'est qu'elles sont diamétralement opposées. Dans laquelle faut-il aller ?

– Tu oublies Ambatia, dis-je.

– Inconnue au bataillon. Pas de trace d'Ambatia dans le répertoire de mon guide... Nous sommes bel et bien dans le cirage !

– Peut-être pas, intervint P.-P. Peut-être pas.

– Tu pourrais nous aider au lieu de faire des bulles dans ton verre, remarqua Rémi. Après tout, c'est toi le cerveau.

– Un instant. Mon petit ordinateur personnel me dit que j'ai peut-être la solution.

Derrière ses lunettes épaisses comme des loupes, ses paupières clignaient à toute vitesse.

– Rigueur et circonspection, commença-t-il. Suivons la méthode de notre bon maître. De quoi disposons-nous ? D'un ordre de marche plutôt énigmatique. De directions contradictoires. D'un nom de ville inconnu à consonance plutôt latine. Le tout me semble avoir été composé pour égarer les recherches.

– Puissamment raisonné, P.-P., ironisa Rémi. Il t'a fallu tout ce temps pour trouver ça ?

– La clef du mystère doit donc nécessairement se trouver ailleurs, poursuivit P.-P., ignorant l'interruption. Dans un détail si aveuglant que nous n'y avons même pas prêté attention.

– Et lequel, je te prie ?

– Mais le titre, mon bon Pharamon ! Le titre ! Vous vous rappelez ce que nous a dit M. Coruscant : saint Martin est resté célèbre pour avoir donné à un mendiant la moitié de son manteau.

– Je ne vois pas le rapport, maugréa Rémi.

– Il est évident, pourtant. Que veux dire « Le poème de saint Martin », sinon qu'il faut faire comme avec le fameux manteau ?

Et, joignant le geste à la parole, il plia le prospectus dans le sens de la longueur et, d'un coup sec, le déchira en deux.

– P.-P., tu es complètement cinglé, hurla Rémi. Tu viens de détruire notre seul indice !

– Mais non, regardez, dit-il. Tout est clair à présent.

C'était incroyable, mais il avait raison. Coupé en deux, le message devenait limpide comme de l'eau de roche :

Partir vers l'est
Telle est la quête
A Ambatia
T'arrêteras.

– La deuxième moitié de chaque vers ne servait qu'à brouiller les cartes, expliqua P.-P.

Ce qui m'a mis sur la voie, outre le titre, ce sont les rimes intérieures : « est » et « quête », « Ambatia » et « arrêteras ». D'ordinaire, on ne fait rimer que les dernières syllabes de chaque octosyllabe.

– Brillant, P.-P., brillant, admis-je. Mais Ambatia ?

– Facile, dit P.-P. en haussant les épaules. Le guide de M. Coruscant nous apprend qu'il s'agit de l'ancien nom d'Amboise, ville située, à l'est de Tours en suivant la Loire... Maintenant, si Pharamon tient absolument à me présenter ses plus plates excuses pour ses remarques désobligeantes, je consens à les recevoir.

– Ça va, P.-P., je m'excuse, bougonna Rémi. C'est cette crevaison qui m'a mis en pétard. Tu nous en a bouché un coin, je l'admets. Maintenant, si nous voulons rejoindre Amboise avant la nuit, on a intérêt à se dépêcher.

– D'accord, dit P.-P. Mais pas avant que vous m'ayez offert une énorme assiette de cervelas et de rillettes. Mes intuitions ahurissantes m'ont donné un petit creux. Après tout, les génies ne vivent pas que d'intelligence et d'eau fraîche...

9
P.-P. fait du camping

Il était presque vingt heures lorsque, convenablement restaurés, nous prîmes la route d'Amboise.

Le soir commençait à tomber. Un vent d'orage soufflait, accumulant dans le ciel de gros nuages menaçants. J'étais heureuse. Il y avait quelque chose de grisant à rouler ainsi l'un derrière l'autre dans le crépuscule, une sensation de grands espaces et de liberté qui me faisait battre le cœur.

Pierre-Paul avançait en tête, campé sur sa Vespa comme sur un trône. Ma vieille mobylette pétaradait gaiement, et Rémi, dans les côtes, s'accrochait à mon porte-bagages pour éviter de pédaler. Par chance, la route était à peu près plate et nous nous étions répartis ses bagages pour lui éviter trop d'efforts.

– J'espère que tu ne vas pas mettre ce machin sur la tête, avait prévenu Pierre-Paul en le voyant sortir de son sac une sorte de casque constitué de boudins en caoutchouc.

– T'occupe, P.-P. Du matériel de professionnel : c'était à mon oncle Firmin quand il faisait de la poursuite sur piste.

– Ridicule ! On dirait que tu es sponsorisé par une charcuterie.

Ce n'était pas très gentil de la part de Pierre-Paul. Il avait son casque intégral, moi un modèle très élégant en forme de bombe de cavalière. Rémi vit seul avec sa mère et, sans l'oncle Firmin, jamais il n'aurait eu les moyens de partir avec nous.

Nous avions à peine fait une dizaine de kilomètres quand les premières gouttes se mirent à tomber. Une petite ondée d'abord, plutôt rafraîchissante après la chaleur de la journée, puis un véritable orage. On n'y voyait pas à deux mètres devant nous.

Le temps de s'arrêter pour sortir nos K.Way, on était trempé comme des soupes.

– Cherchons un coin abrité et installons-nous pour la nuit, proposa Rémi.

La pluie faisait un raffut de tous les diables et il était obligé de hurler pour se faire entendre.

Un chemin s'ouvrait sur la droite. Abandonnant la route principale, nous nous engageâmes le long d'un petit bois aux arbres hauts et touffus. C'était l'endroit idéal : le feuillage nous protègerait de la pluie et il fallait profiter du peu de lumière qui restait pour dresser notre campement.

Quand nous mîmes pied à terre, l'averse redoublait. Le vent mugissait entre les branches, le sous-bois était obscur. A la lueur d'une lampe-torche, nous installâmes ma petite tente individuelle avant de nous attaquer à celle de P.-P. Il avait sorti de son sac à dos une immense toile, des dizaines de piquets métalliques et un gros rouleau de corde.

– Qu'est-ce que tu comptes faire de tout ça ? s'emporta Rémi. Dresser un chapiteau ?

La toile s'envolait au vent, arrachant les piquets. A peine avait-on tendu un côté que l'autre se détachait. A la fin, tout s'effondra, ensevelissant Rémi sous le toit gorgé d'eau.

– J'ai pris une tente familiale, balbutia P.-P. d'un air lamentable. Le plus grand modèle, avec séjour et coin-repas. Le chef d'une expédition doit avoir ses aises et...

– Espèce de cornichon ! Ton truc est impossible à monter ! A cause de toi, il va falloir dormir à la belle étoile !

– Pas question, dis-je. La mienne est toute petite mais, en nous serrant bien, nous devrions loger à trois.

Ils ne se firent pas prier. L'un après l'autre, dans l'obscurité, nous nous faufilâmes à l'inté-

rieur, nous contorsionnant pour entrer dans nos sacs de couchage.

– Ouille ! Aïe ! Pousse-toi un peu, P.-P., j'ai ton genou dans l'estomac.

– Ah ! Qu'est-ce que c'est que ça ? Une bête, un monstre velu !

– Idiot, ce n'est que ma main.

On était tassé comme des sardines en boîte mais, au moins, on dormirait au sec. Ma petite tente résistait bien au vent, la pluie tambourinait sur la toile imperméable. Je dois faire un aveu : je n'aurais pas aimé être seule sous cet orage. Non que je sois trouillarde. J'ai seulement peur des bestioles et des forêts la nuit. Jamais je ne l'aurais dit à mes compagnons : s'il y a bien quelque chose que je déteste, c'est le camping. Mais l'aventure était à ce prix, et leur présence à mes côtés me rassurait.

– P.-P., si tu enlèves une seule de tes chaussures, tu es un homme mort, murmura Rémi.

La journée nous avait brisés. Mes paupières étaient lourdes, mon sac de couchage délicieusement douillet. Je sombrai dans le sommeil.

10
Les inconnus du manoir

Quand j'ouvris les yeux, il faisait jour. Des oiseaux gazouillaient dans les arbres, un beau soleil chauffait déjà le toit de la tente.

Je m'étirai et glissai la tête par l'ouverture.

– Bonjour, Rémi. Bien dormi ?

Je me sentais gaie, je ne sais pourquoi, déjà prête pour une deuxième journée d'aventure. En réponse, j'eus droit à une sorte d'aboiement.

– Très mal. Déteste dormir sur des caillasses, moi. En plus, ce fichu feu ne veut pas prendre.

Accroupi près d'un petit tas de bois, il soufflait comme un perdu, les cheveux en bataille et son air des mauvais jours.

J'enfilai mes chaussures et sortis.

– Laisse, dis-je. J'ai fait un an chez les Jeannettes. Ton bois est humide, voilà tout.

Quelques brindilles sèches, une allumette et le tour sera joué.

Trois minutes plus tard, un bon feu pétillait au milieu d'un cercle de pierres plates.

– Et voilà, triomphai-je. Ça joue aux cow-boys et ça ne sait même pas faire un feu.

Rémi haussa les épaules, un brin vexé quand même. Comme je me sentais d'humeur assez peste :

– Et Pierre-Paul ? ajoutai-je. Il est parti tuer un bison pour le petit déjeuner ?

– Sais pas, maugréa Rémi. Moi, je me fais chauffer mon chocolat sans l'attendre. Déteste avoir l'estomac vide le matin, moi.

Décidément, ce garçon n'avait aucun humour. Quand P.-P. nous rejoignit, nous

déjeunions en silence d'un bol de chocolat et d'un morceau de pain rassis. Je n'avais jamais mieux mangé de toute ma vie !

– Impossible de trouver un point d'eau. Je ne peux pas commencer la journée sans me laver les dents.

– Quels vieux garçons vous faites ! Moi, j'ai merveilleusement dormi et je raffole de la vie sauvage.

– Par contre, j'ai trouvé autre chose, continua P.-P. en déballant une barre de nougat, un pot de Nutella et des abricots secs. Sans le savoir, hier soir, nous sommes entrés dans une propriété privée. Ce petit bois fait partie d'un parc. J'ai aperçu une grosse demeure qui, par chance, paraît inhabitée.

– Une maison abandonnée ? Chic ! m'écriai-je. Allons la visiter.

– Tu n'y penses pas ? s'insurgea P.-P. Qu'on nous surprenne et crac, un coup de fusil ! Je n'ai pas le droit de priver le monde de ma précieuse personne par des imprudences inconsidérées.

– Tu n'es pas chiche, c'est tout, m'entêtai-je. Moi, j'y vais.

– Après tout, pourquoi pas ? fit Rémi. Tu as dit toi-même qu'elle paraissait inhabitée. Qu'est-ce qu'on risque ?

– Et la chasse au trésor ? Nous allons prendre un retard peut-être fatal.

– Allons, dis-je, c'est décidé. Qui m'aime me suive.

Le temps de ranger nos gamelles, de les enfermer dans la tente et nous traversions le parc. P.-P. avait fourré sa brosse à dents dans sa poche, au cas où il trouverait une salle de bains. Ce dernier détail, plus la peur de rester seul, avait achevé de le décider.

« Domaine de Mortemare. Propriété privée. Défense d'entrer », disait une pancarte. Derrière, dressé sur un tertre, se tenait le manoir de Mortemare.

C'était une imposante bâtisse à toit d'ardoise, avec une terrasse de gravier rose et des massifs broussailleux encadrant une double porte-fenêtre aux volets clos. Un grand cèdre ombrageait la façade, et des chaises de jardin empilées les unes sur les autres indiquaient que l'endroit était inhabité depuis peu.

J'ai toujours adoré entrer dans des lieux interdits. Si j'avais été la femme de Barbe-Bleue, j'aurais certainement fait comme elle. Tant pis pour les conséquences... Ce n'est pas tous les jours, après tout, qu'on a l'occasion de visiter une maison abandonnée.

– Et si on nous surprend ? bredouilla courageusement P.-P.

– Nous n'aurons qu'à dire que nous sommes perdus.

Nous contournâmes le bâtiment, essayant toutes les portes. Enfin, l'une d'entre elles céda. Un coup d'œil à l'intérieur et nous entrâmes.

C'était une sorte de cellier au sol sablonneux, encombré d'outils de jardinage et de casiers à bouteilles. Quelques marches, une autre porte qui s'ouvrit aussi facilement que la première : cette fois, nous étions dans la maison.

– Mince ! lança Rémi avec un petit sifflement d'admiration. Quelle baraque !

On aurait facilement logé une piste de danse rien que dans l'entrée. Un escalier à volutes montait vers l'étage, sous un plafond si haut qu'il se perdait dans l'obscurité. De chaque côté s'ouvraient des salons, plus immenses les uns que les autres, avec des lustres poussiéreux, des fauteuils recouverts de housses qui ressemblaient à de grands fantômes assis.

– Qu'est-ce que c'est que ce bruit ? balbutia P.-P. On dirait le tic-tac d'une machine infernale... Je suis sûr que la maison est piégée.

– Idiot ! Ce sont tes dents qui claquent, ricana Rémi.

Soudain, ce fut l'affolement : une voiture remontait l'allée de gravier, des portes claquaient.

– Les propriétaires !

Déjà, une clef fourrageait dans la serrure de l'entrée, nous coupant toute sortie. Nous étions pris au piège.

– Pas encore, lança Rémi. Vite, par là ! C'est notre dernière chance.

Ouvrant une porte au hasard, il nous poussa à l'intérieur, refermant à l'instant même où la lumière jaillissait dans le salon.

Sans le vouloir, nous venions de nous enfermer dans une penderie si étroite que l'on pouvait à peine y respirer.

– J'étouffe ! gémit P.-P. Je ne veux pas finir conservé dans la naphtaline comme un vieux chausson. Laissez-moi sortir !

Un coup de coude le fit taire. Malgré l'épaisseur de la porte, on devinait des voix.

– Un endroit idéal, Bertie, disait la première. Isolé, discret, magnifiquement placé... Qui songerait à s'intéresser à un manoir abandonné ?

Un craquement de fauteuil lui répondit. Son interlocuteur venait de s'asseoir.

– Dépose les affaires et filons, dit-il. Nous avons encore beaucoup de travail.

– J'espère au moins que tu ne t'es pas trompé, reprit l'autre.

– Tu peux faire confiance à ce vieux Bertie... Ah ! ah ! quand je pense à tous ces imbéciles lancés à la recherche de la Salamandre... S'ils savaient !

Il y eut un nouveau craquement, des pas ébranlèrent le parquet, puis la porte claqua. Quelques instants plus tard, le ronflement d'une voiture se fit entendre. Les graviers crissèrent, puis le silence retomba.

Rémi ouvrit la porte avec précaution. Personne. Nous nous extirpâmes péniblement du placard, respirant à pleins poumons. Nous étions sauvés. Il était temps : une minute de plus et j'avais les poumons qui explosaient.

11
Un mauvais pressentiment

Nous ne fûmes pas longs à déguerpir.

Le temps de rejoindre notre campement, de démonter la tente et d'enfourcher nos vélomoteurs, et nous filions déjà sur la route.

– Jamais plus je n'écouterai les idées saugrenues de la gent féminine! glapit P.-P. quand nous eûmes mis entre nous et le manoir de Mortemare une distance suffisante. Moi, Pierre-Paul Louis de Culbert, manquer d'être arrêté comme un vulgaire cambrioleur!

– Par chance, notre campement était bien caché. Je ne crois pas qu'ils nous aient vus, soupira Rémi. Nous l'avons échappé belle.

– Attendez, dis-je, pas trop fière de moi. D'accord, c'était très imprudent. Mais l'un des deux hommes a bien parlé de la Salamandre, non?

– Elle a raison, P.-P., opina Rémi. Sans le vouloir, nous avons peut-être mis le doigt sur quelque chose d'important.

Nous nous étions arrêtés sur la place d'un petit village. Une fontaine coulait au milieu et P.-P. sortit sa trousse de toilette.

– Qu'est-ce que tu fais ?

– Pardi ! Je me lave les dents. Je n'ai pas fait tous ces kilomètres pour périr victime d'une carie géante.

– Je me demande bien qui pouvaient être ces deux hommes, dis-je pensivement. Des chasseurs de trésor, comme nous ? Rappelez-vous ce qu'ils disaient.

– De toute façon, ça ne nous avance guère. Nous n'avons même pas vu leur visage. L'un se faisait appeler Bertie. Quant à leur voiture, je dirais, au bruit, qu'il s'agit d'une Mercedes. Un vieux modèle. Mon oncle Firmin a la même. C'est un peu maigre comme information.

– En tout cas, che ne me laicherai pas traiter d'imbéchile par des inconnus, crachota P.-P., la bouche pleine de dentrifice. Filons à Amboiche, et plus vite que cha !

Pour ma part, j'avais de mauvais pressentiments. « Les imbéciles... S'ils savaient ! » avait dit l'homme. Qu'aurions-nous dû savoir ? Certes, nous n'étions pas les seuls à chercher la Salamandre d'Or de Roberto Bolognese. Les inconnus de Mortemare l'avaient-ils trouvée avant nous ?

J'expédiai une carte postale à M. Coruscant pour l'informer de nos progrès, puis nous reprîmes la route jusqu'à Amboise, sans incidents cette fois.

12
Fausse piste

Il était presque midi lorsque nous arrivâmes en vue du château.

C'était le premier des châteaux de la Loire que nous visitions, et je dois dire que j'en eus le souffle coupé.

Imaginez une grosse forteresse dominant la ville, toute hérissée de fenêtres pointues et flanquée de deux tours énormes, comme une salière et une poivrière sur un présentoir pour la vinaigrette. Tout autour, des fortifications, un chemin de garde du haut duquel on apercevait les eaux vertes de la Loire et des vignobles ondulant à perte de vue.

Par chance, j'avais emporté mon petit appareil photo et je pris Pierre-Paul, posant glorieusement devant ce superbe panorama, tandis qu'en arrière-plan Rémi se battait avec le cadenas de son antivol.

– Quelquefois, remarqua P.-P., je me dis que j'aurais mieux fait d'être roi de France au lieu de gâcher mon génie dans une classe de quatrième.

– C'est vrai que c'est dommage, acquiesça Rémi. Ça nous aurait donné une bonne raison pour te couper la tête.

– Sans rire, dit P.-P., vous ne trouvez pas que Pierre-Paul Ier sonne plutôt bien ?

Rémi s'était chargé de laisser nos bagages au vestiaire. Tandis que nous faisions la queue pour acheter nos billets, je sentis tout à coup qu'on me pinçait le bras.

– L'homme du train ! souffla P.-P. dans mon oreille. Là, près de la porte !

J'eus à peine le temps d'apercevoir une silhouette de grande taille, le visage dissimulé par un béret et une longue écharpe violette, qui disparaissait parmi la foule des visiteurs.

– Tu es sûr que c'est lui ?

– La coïncidence serait trop grande : dans le train d'abord, à la tour Charlemagne et maintenant ici... Non, j'en suis certain : nous sommes suivis.

– Sans doute un de nos concurrents, suggérai-je. Il doit suivre les mêmes indices que nous, voilà tout.

Rémi nous rejoignit à cet instant et nous commençâmes la visite, sans plus apercevoir le mystérieux inconnu.

Le château avait été habité par Charles VIII, puis par François Ier. Ce dernier élevait des lions en liberté dans les fossés, nous expliqua le guide. Dans le logis du roi se donnaient de magnifiques bals masqués, des fêtes étourdissantes. On nous montra aussi un balcon où avaient été pendus les conjurés d'Amboise... Je n'étais plus très sûre que j'aurais aimé vivre à cette époque.

Quand la visite s'acheva, il fallut bien le reconnaître : nous avions fait chou blanc. Il n'y avait rien au château, pas le moindre nouvel indice à se mettre sous la dent.

– Merci, P.-P., râla Rémi comme nous descendions dans les jardins. En tout cas, je te préviens : hors de question de se payer tous les châteaux de la Loire pour suivre tes déductions stupides. Cette fois, tu t'es bien mis le doigt dans l'œil.

Je n'y comprenais rien. Le deuxième indice semblait clair pourtant. P.-P. s'était-il trompé en l'interprétant ?

– Regarde, poursuivit Rémi en montrant un buste de Léonard de Vinci qui se dressait dans le jardin. Un de tes collègues. Tu devrais lui demander conseil : entre génies, il ne refusera pas de t'aider...

Il ne croyait pas si bien dire. Sur le socle de la statue, il y avait un écriteau tout neuf, au coin orné d'une salamandre.

– Hourra ! hurla P.-P. Un nouveau message ! Écoutez :

Ce que tu cherches trouveras
Dans mon logis que fit François.

Au même instant, je crus voir un béret dépasser au-dessus de la haie. L'homme du train... Je me jetai dans l'allée : personne. C'était à n'y rien comprendre. Avais-je rêvé ?
– Il nous épiait, assurai-je. J'en suis certaine.
– Tout s'éclaire, poursuivit P.-P., surexcité, en brandissant le guide de M. Coruscant. Le troisième indice se trouve bien à Amboise, mais pas au château ! Figurez-vous que Léonard de Vinci a fini ses jours ici, dans un petit manoir offert par François Ier. C'est là qu'il faut chercher.
Nous détalâmes sans perdre une minute. Si l'homme du train était bien dans les parages, nous lui avions livré sans le vouloir la clef du troisième indice. Il fallait arriver avant lui.

13
Léonard de Vinci
à la rescousse

Une fois de plus, le guide de M. Coruscant s'avérait précieux. Le Clos-Lucé est un petit manoir Renaissance, à cinq cents mètres à peine du château, où Léonard de Vinci, le célèbre peintre et inventeur italien, acheva ses jours en 1519.

« Visites tous les jours », assurait notre guide. Pourtant, nous jouions de malchance. Quand nous y arrivâmes, soufflant et suant d'avoir couru, la grille d'entrée était fermée d'un gros cadenas.

« En raison des orages de la nuit passée, le musée est fermé jusqu'à nouvel ordre pour réparations », disait le panonceau cloué sur le portail.

C'était la catastrophe.

– Réfléchissons, dit P.-P. sans se démonter.

Si le musée est fermé au public, personne ne pourra y entrer avant nous, pas même l'homme au béret.

– Tu oublies que nous ne sommes peut-être pas les premiers, dis-je avec accablement. Et puis, je n'ai plus que cinq jours. Dieu sait combien de temps prendront les réparations !

« Une semaine », avaient dit mes parents. Cela faisait déjà deux jours que nous étions sur la route. Jamais nous ne pourrions trouver la Salamandre d'Or dans le peu de temps qui restait.

– Elle a raison, intervint Rémi. On ne peut pas attendre. Il faut entrer au Clos-Lucé par tous les moyens.

C'était plus facile à dire qu'à faire. Comment franchir la grille, déjouer la vigilance des ouvriers qu'on voyait s'affairer dans la demeure ?

– Le souterrain ! s'exclama P.-P. Attendons la nuit et empruntons le souterrain ! On prétend, d'après le guide, que François Ier avait fait construire une galerie secrète pour rejoindre son ami Léonard depuis le château. Laissons-nous enfermer dans ses appartements, trouvons l'entrée du souterrain et il nous conduira tout droit au Clos-Lucé.

P.-P. Cul-Vert est le plus grand poltron que la terre ait jamais porté. Nous le regardâmes avec ébahissement. Lui, se risquer à la nuit tombante dans un souterrain ? Décidément, ces vacances me réservaient bien des surprises.

– Moi, je resterai au campement, ajouta-t-il aussitôt, réalisant l'énormité de ce qu'il proposait. Il faut bien que quelqu'un garde nos gamelles.

– Pas question, trancha Rémi. Tous les trois ou personne. Après tout, c'est toi qui nous as embarqués dans cette galère. Ce serait trop facile...

– Bon, bon, dit P.-P. Mais je vous préviens : s'il arrive quelque chose, vous aurez ma mort sur la conscience.

La dernière visite du château commençait à dix-neuf heures. Il nous restait un long après-midi à tuer. Nous trouvâmes un petit coin abrité sur la berge où dresser notre tente. La rive descendait en pente douce, formant une sorte de plage naturelle. Tandis que les garçons se baignaient, j'écrivis une nouvelle carte à M. Coruscant, l'informant de nos dernières découvertes et de nos projets pour la nuit.

Si seulement il avait pu être là !

L'eau était verte, les garçons s'éclaboussaient en poussant des cris de Sioux. C'était l'occasion rêvée pour étrenner mon nouveau maillot. Je l'enfilai sous la tente et me hâtai de les rejoindre.

14
Dans le souterrain

– P.-P., souffla Rémi, j'espère que tu ne t'es pas trompé.

Au crépuscule, le château d'Amboise était sinistre. La lumière filtrant par les carreaux teintés formait sur le dallage des losanges couleur sang, et je ne pus m'empêcher de penser aux conjurés qu'on avait pendus au balcon en guise de représailles. Que nous ferait-on si on nous découvrait ?

Mêlés à un groupe d'Allemands, nous dûmes subir à nouveau les explications du matin, en langue étrangère cette fois. Heureusement, le guide semblait pressé de finir sa journée et il ne fit pas attention à nous quand nous nous laissâmes distancer dans le logis du roi.

Nous entendîmes les pas décroître dans le lointain, des portes se fermer. Cette fois, nous étions seuls, perdus dans le château désert.

– Au travail, murmurai-je, réprimant le frisson qui me parcourait l'échine. Cherchons ce fichu souterrain et finissons-en.

La pièce où nous nous trouvions avait été autrefois la chambre du roi. De là, il filait en cachette retrouver le vieux peintre. Mais comment ? Après tout, ce souterrain n'était peut-être qu'une légende. L'idée de passer la nuit dans ces salles glaciales me donnait la chair de poule.

Déjà, les garçons furetaient dans tous les coins. Je me sentais inutile, balayant bêtement les meubles de ma torche comme s'ils avaient été des bêtes tapies dans l'ombre et prêtes à se jeter sur moi.

Soudain, je sursautai :

– Écoutez ! Quelqu'un frappe sur la cloison !

– Ce n'est que moi, dit P.-P. avec agacement. Je sonde les murs.

Armé d'une tige métallique, il fit le tour de la chambre, l'oreille collée à la pierre comme s'il auscultait un malade.

– Par ici ! s'exclama-t-il. J'ai l'impression que ça sonne creux !

Unissant nos efforts, nous l'aidâmes à déplacer le lourd lit à baldaquin qui occupait le mur du fond. Il devait bien peser des tonnes. Nous avions beau nous arc-bouter, il bougeait millimètre par millimètre. Enfin, dans une dernière poussée, nous parvînmes à le faire glisser. Derrière, une petite porte se dessinait dans le creux de la pierre.

– Le passage secret, murmura Rémi.

Je faillis en tomber de saisissement : nous venions de mettre au jour le souterrain qu'empruntait chaque nuit François Ier !

Déjà, Rémi s'acharnait sur la porte. Par chance, le bois était pourri et elle céda en grinçant, libérant une bouffée de gaz fétide.

– Ça ne sent pas la rose, là-dedans, remarqua Rémi en promenant sa torche dans l'ouverture béante.

– Sûrement l'humidité, expliqua P.P. N'oublie pas que le château est bâti au-dessus de la Loire. Le temps de revêtir mon équipement spécial et je vous suis.

Nous le vîmes fouiller dans son sac à dos, en tirer un objet rond de la taille approximative d'une citrouille et flanqué d'un œil unique comme un masque de cyclope. Il s'en coiffa, projetant aussitôt devant lui une lumière aveuglante.

– Ma dernière invention, expliqua-t-il. Après l'échec du sac de couchage intégral, j'ai eu l'idée de ce petit gadget : une simple lampe-torche fixée sur mon casque de vélomoteur... Idéal pour avoir les mains libres, non ?

– Idéal surtout pour passer en premier, corrigea Rémi en s'effaçant. Tu ressembles au phare de Douarnenez. La seule idée de t'avoir derrière moi me donne froid dans le dos.

L'un après l'autre, nous nous engageâmes dans le boyau. Le souterrain était une sorte de tunnel voûté, aux murs noirs et suintants, couverts de moisissures et de crottes de chauves-souris. Par chance, l'invention de P.-P. éclairait comme en plein jour. Par endroits, le sol spongieux était gorgé d'eau, nous obligeant à patauger.

Nous devons être au niveau du fleuve, cria

P.-P. Pourvu que le reste ne soit pas inondé !

Sa voix résonnait lugubrement. J'avais entendu parler des crues brutales de la Loire. Il fallait prier pour que le violent orage de la nuit passée n'ait pas grossi les eaux. J'aurais détesté me laisser surprendre au fond de ce conduit puant.

Au bout d'un long couloir, le sol se fit plus sec. Nous devions remonter.

– J'aurais dû prendre ma montre à altimètre, dit P.-P. Je serais curieux de savoir à quelle profondeur nous sommes.

– Grouille, P.-P., fulmina Rémi. Une minute de plus là-dessous et nous aurons tous les rats de la région sur les talons !

Il n'en fallait pas plus pour convaincre P.-P. Avec un geignement terrorisé, il fila à toutes jambes, nous laissant dans le noir. Puis il y eut un grand clong ! un bruit de casseroles entrechoquées : P.-P. s'était aplati tête la première contre la porte qui barrait l'extrémité du souterrain.

– Ça t'apprendra à nous abandonner, dit Rémi en l'aidant à rassembler le contenu de son sac.

Je l'ai déjà dit : P.-P. est plutôt rondouillard. Par bonheur, son casque avait amorti le choc, mais la porte, elle, n'avait pas résisté : on aurait dit qu'un éléphant venait de l'enfoncer. La serrure avait volé en éclats, révélant un vaste sous-sol aux poutres noircies.

Nous avions réussi : c'était le Clos-Lucé.

Pétrifiés, nous restâmes sur le seuil : devant nous se dressaient d'étranges machines, projetant sur les murs des ombres gigantesques qui bougeaient dans la lumière des torches.

– Une salle de torture, bredouilla Rémi. Filons vite d'ici !

Pierre-Paul courait en tous sens, la lampe frontale pendouillant lamentablement au sommet de son casque.

– Fantastique, les amis ! Les inventions de Léonard de Vinci ! Des dizaines de maquettes en bois !

Au-dessus de nos têtes était suspendue une sorte de chauve-souris, le modèle du premier avion conçu par Léonard. Plus loin, la maquette d'un pont tournant, d'un hélicoptère à hélice, une énorme toupie hérissée de canons qui avait été l'ancêtre du tank, d'autres machines encore, plus fabuleuses les unes que les autres, réalisées d'après les plans du savant italien.

J'en avais le souffle coupé. C'était à la fois merveilleux et un peu inquiétant, comme si nous avions pénétré dans l'atelier d'un inventeur de science-fiction, encombré de prototypes étranges et de dessins cabalistiques. On se serait presque attendu à le voir surgir en robe de chambre, un chapeau de sorcier sur la tête, avec cette longue barbe en pointe et les sourcils touffus de l'enchanteur Merlin.

Pierre-Paul, lui, était aux anges. Il allait

d'une machine à l'autre, touchant à tout avec de petits cris d'admiration.

– Regardez ! Le premier climatiseur hydraulique ! Quand je pense que Léonard vivait au début du XVIᵉ siècle ! Je dois admettre qu'il m'arrivait presque à la cheville. Mon prototype de sac de couchage intégral ferait un effet bœuf ici...

– Sans vouloir te presser, P.-P., s'impatienta Rémi, je n'ai pas fait tout ce chemin pour bêler devant de vieux machins poussiéreux. Si nous cherchions le troisième indice ? Dans ce capharnaüm, ça risque de prendre un certain temps...

– Un capharnaüm ? s'étrangla P.-P. Tu oses parler de capharnaüm devant ce témoignage bouleversant du génie humain ?

Il en bégayait d'indignation.

– Espèce de crétin sidéral ! Homoncule ! Invertébré préhistorique !

– Si vous cessiez de vous chamailler, intervins-je, je pourrais peut-être réfléchir. Le troisième indice doit être dissimulé dans une des maquettes. Mais dans laquelle ? D'après ce que nous savons, la Salamandre est une sorte de dragon qui crache du feu...

– Bien sûr ! coupa Rémi. Mais le tank, lui aussi, crache du feu !

Nous nous précipitâmes vers la grosse toupie de bois. C'était une machine conique, de la forme approximative d'un chapeau chinois, et percée à la base d'une rangée de trous d'où pointaient des canons. D'après les plans, l'ensemble pivotait sur son axe, tiraillant de tous côtés à la manière d'une tourelle de char.

J'avais vu juste. A la place d'un des canons, ma torche éclaira un mince rouleau de papier. Fébrilement, je le dépliai : c'était le troisième indice.

– Un nouveau poème, m'écriai-je. Vite, il faut le recopier.

Au château de Blois te rendras
Dans le Cabinet des Poisons.
La pédale tu pousseras
Et les portes s'ouvriront.

Il était trop tard pour tenter de résoudre cette nouvelle énigme. Nous remîmes soigneusement le message à sa place et cherchâmes une sortie.

Par bonheur, les ouvriers qui travaillaient ici dans la journée avaient laissé une fenêtre ouverte. Grimpant sur un sac de plâtre, nous sautâmes dans le jardin. Restait à franchir le portail. Moi, je fais de la danse classique, je suis agile comme un chat. Mais il fallut hisser P.-P., le tirer de force par-dessus la grille où il manqua de rester suspendu comme un gros jambon.

Vingt minutes plus tard, nous étions sous la tente. Les fatigues de la journée nous avaient épuisés. Nous nous coulâmes dans nos duvets.

– Oui, mon roi, marmonna P.-P. C'est moi, le génial Culbert, ton inventeur préféré...

– Le tunnel ! Les rats ! Vite, sortir d'ici

avant que les eaux montent ! beugla Rémi en se battant avec son duvet.

Ils rêvaient déjà. Je m'endormis à mon tour, rêvant que j'ouvrais le bal au bras du roi dans une superbe robe cousue de perles et de diamants...

15
Le Cabinet des Poisons

Cher Monsieur Coruscant,

Je vous écris de Blois où nous sommes arrivés hier. Malheureusement, je n'ai pas de bonnes nouvelles à vous apprendre. La chasse au trésor paraît finie pour nous. Une journée bêtement perdue, et voilà, nous pouvons dire adieu à la Salamandre d'Or...

Mais commençons par le commencement.

Avant-hier, donc, nous avons pris la route de Blois. Le troisième indice que nous avions trouvé au Clos-Lucé ne présentait guère de difficulté. Il faisait un temps superbe et, après notre nuit mouvementée dans le souterrain, le moral des troupes était au beau fixe.

Quelques ablutions rapides, un copieux petit déjeuner, et nous partîmes vers onze heures. Nous avions largement le temps :

comme vous le savez, bien sûr, Amboise et Blois sont à peine distants d'une trentaine de kilomètres. Nos montures pétaradaient, Rémi pédalait ferme, l'air sentait bon l'herbe chaude et l'aubépine. Nous avions au moins une journée d'avance sur l'homme du train et, pour ma part, j'aurais volontiers lézardé sur les bords de la Loire, à admirer les îles de sable et les petites criques d'eau verte que nous longions.

Soudain, la catastrophe : le moteur de Pierre-Paul s'est mis à toussoter, puis s'est éteint dans un dernier hoquet. Impossible de le remettre en marche.

Rémi s'y connaît un peu en mécanique, mais la panne dépassait ses compétences. Nous avons dû pousser la Vespa jusqu'au village le plus proche, à quelques kilomètres de là. Le temps d'y arriver, il était déjà midi passé : l'unique garage du coin était fermé.

Il a fallu attendre trois heures de l'après-midi pour qu'un mécanicien examine enfin la Vespa.

– Je n'y comprends rien, a-t-il dit en essuyant ses mains tachées d'huile. Le moteur est gorgé d'une sorte de mélasse : il va falloir tout démonter pour nettoyer. Revenez demain matin, la Vespa sera prête.

– C'est un sabotage, a dit Rémi. Sûrement l'homme du train : quelques sucres glissés dans le réservoir à essence et ton moteur fabrique du caramel.

C'était vraiment un sale coup. Moi qui
déteste la tricherie, j'aurais bien aimé tenir
l'homme du train. Je ne suis pas méchante,
mais je vous jure que je lui aurais fait passer
le goût du sucre !

– Tout est de ma faute, a gémi Pierre-Paul,
étrangement silencieux jusque-là. Ce n'est pas
un sabotage : j'ai préparé moi-même un petit
mélange de mon invention, un carburant pour
les fusées que je voulais tester.

Je crois que Rémi aurait pu l'assommer sur
place.

– Un mélange spécial ? Mais je vais te le
faire boire, moi, ton carburant à fusées ! Tu te
rends compte du temps que tes âneries nous
font perdre ?

Mais il fallut bien nous résigner à attendre.
Nous avons dû dormir dans un camping
municipal, envahi par les moustiques et des
Allemands en mobile-home qui ont bu de la
bière toute la nuit.

Au matin, Rémi n'était pas à prendre avec
des pincettes. Dès dix heures, nous étions au
garage.

– Voilà, c'est réparé, a dit le mécanicien.
Mais il faudra ménager le moteur, sinon je ne
garantis rien.

Nous sommes repartis, au ralenti cette fois.
Par moment, la Vespa avait des renvois, crachant de gros nuages de fumée noire assez
inquiétants.

Par bonheur, nous arrivâmes à Blois sans plus d'encombre.

– Allons, dis-je devant l'air piteux de P.-P. Après tout, nous avions de l'avance. Avec un peu de chance, le Clos-Lucé est toujours fermé pour travaux : l'homme du train n'est peut-être pas encore en possession du troisième indice.

Pour une fois, le sens du message était limpide : l'indice suivant était dissimulé dans le château de Blois. C'est une grosse caserne féodale, disposée autour d'une cour carrée, à laquelle on accède par un magnifique escalier à balcons.

Par chance, les visites étaient libres. Suivant toujours les indications du message, nous nous mîmes en quête du Cabinet des Poisons. C'est ainsi qu'on appelle une pièce où vécut Marie de Médicis, la femme d'Henri IV. Les murs étaient recouverts de panneaux de bois selon la mode de l'époque. La reine, d'après notre guide, avait fait aménager derrière ces lambris une armoire secrète dans laquelle elle cachait de petites fioles de poison, destinées sans doute à se débarrasser d'ennemis encombrants.

C'est le genre de détails dont je raffole en cours d'histoire. Mais, pour la première fois, j'allais le voir de mes yeux. Il suffisait de trouver la pédale qui ouvrait la cachette, et nous découvririons les fourberies de la reine. Rien

que de penser qu'elle aurait pu empoisonner la poule au pot d'Henri IV me donnait de délicieux frissons dans la colonne vertébrale.

Malheureusement, il y avait trop de monde dans la salle pour agir aussitôt. Inutile de renseigner des concurrents éventuels. P.-P. fit mine de s'absorber dans son guide avec des airs de connaisseur tandis que Rémi et moi admirions les tableaux.

– Regarde, me dit Rémi en pouffant. Tu ne trouves pas qu'on dirait P.-P. ?

Le portrait qu'il me montrait représentait un gentilhomme du XVIᵉ siècle, vêtu d'une robe à frange d'hermine et de bas qui plissaient aux genoux. A ce détail près, c'était le portrait craché de P.-P.

– Ladislas-Adhémar de Culbert, mon noble ancêtre, dit fièrement Pierre-Paul. Il a tout à fait l'air sournois de ma sœur Rose-Lise.

Nous éclatâmes de rire : imaginer P.-P. en armure, brandissant une épée trop lourde pour lui, sur un vieux canasson, avait quelque chose de réjouissant.

– Ça explique mes notes canons en histoire, expliqua P.-P. Vous autres, roturiers, vous ne pouvez pas comprendre. Pour nous, l'histoire de France n'est qu'une petite affaire de famille.

Décidément, P.-P. ne se mouche pas avec le dos de la cuillère. Mes ancêtres à moi étaient d'humbles tisserands mais, au moins, ils n'avaient pas d'empoisonnements sur la conscience...

– Puisque tu es chez toi, P.-P., intervint Rémi, au boulot. Trouvons cette pédale secrète.

La salle s'était vidée peu à peu, nous laissant le champ libre. Nous tâtâmes les plinthes méticuleusement. A la fin, Rémi poussa un cri de joie. La pédale se trouvait cachée dans l'interstice entre deux lattes de bois, presque invisible.

– A toi l'honneur, me dit-il galamment.

– Attention, prévint P.-P. Le mécanisme est peut-être piégé.

Je haussai les épaules. Pourtant, mon cœur se mit à battre quand j'enfonçai la pédale.

Il y eut un petit déclic, un grincement. Puis l'un des panneaux de bois s'ouvrit, révélant une armoire truffée de minuscules alvéoles. C'était le Cabinet des Poisons.

– Il faudra absolument que je me bricole un garde-manger comme ça à l'internat, murmura P.-P.

Sidérés, nous nous approchâmes. Seulement, nous eûmes beau fouiller une à une toutes les caches, elles étaient vides. Quelqu'un était passé avant nous et avait emporté le quatrième indice.

– Refaits ! s'exclama Rémi. L'homme du train a dû entrer au Clos-Lucé hier et filer jusqu'ici.

Méthodiquement, nous explorâmes chaque recoin de la cachette, sans autre résultat que de nous enduire les mains d'une couche de poussière. Le quatrième indice s'était bel et bien envolé.

– Bon sang, P.-P., ton carburant à fusées nous coûte cher, murmura Rémi.

– Attendez, coupai-je. Je crois que j'ai trouvé quelque chose.

Un fragment de papier était resté coincé dans le gond de la porte. Je le dégageai. Dessus, il y avait l'effigie de la salamandre et deux mots : « *Nutrisco et* ». C'était tout ce qui restait du quatrième indice. Le reste du message avait disparu avec notre adversaire indélicat.

Voilà. Maintenant, vous savez tout.

Je me dépêche de terminer cette lettre devant la tente, à la lueur d'une lanterne. Nous avons trouvé un joli endroit pour camper, à quelques kilomètres de Blois, mais le cœur n'y est plus. Sans ce dernier indice, impossible de remonter jusqu'à la Salamandre.

Le découragement a gagné notre équipe. C'est vraiment trop bête d'avoir fait tout ce chemin pour échouer ainsi. Que veut dire « *Nutrisco et* » ? Vous seul pourriez nous aider. Mais, quand cette lettre vous parviendra, l'aventure sera finie. Nous serons rentrés bredouilles.

Il ne me reste qu'une chose à faire : profiter des derniers jours qui me restent pour préparer cet exposé dont vous m'avez chargé. C'est une piètre consolation, je ne vous le cache pas.

Enfin. J'espère que de votre côté, vous passez de bonnes vacances.

Mathilde Blondin

16
Vacances à la ferme

Je dormais à moitié lorsque je sentis quelque chose me mordiller le pied.

J'ouvris un œil et poussai un hurlement : une vache avait passé la tête par l'ouverture de la tente et broutait tranquillement mon sac de couchage. Un instant, elle me regarda, mâchouillant d'un air stupide. Puis elle tourna les talons et s'éloigna au petit trot.

Péniblement, j'émergeai de la tente. Le soleil était déjà haut et me blessait les yeux. Quelle heure était-il donc ?

– Petit déjeuner dans cinq minutes, me lança P.-P. en déposant dans l'herbe un lourd panier. Œufs au plat, saucisses grillées, jambon de pays, tartines et autres babioles aimablement fournies par nos hôtes.

– Et Rémi ? demandai-je en bâillant.

– Parti à la pêche. Il y a une petite mare derrière ce bouquet d'arbres.

La veille, nous avions dressé notre tente au milieu d'un champ, près d'une jolie ferme à volets bleus. L'idée de dormir à nouveau dans un camping municipal me donnait des boutons. Je déteste les caravanes, les touristes en short et les tables pliantes.

– Heureusement, il me reste quelques provisions pour compléter ce frugal repas, poursuivit P.-P. en se frottant les mains. Une petite boîte de maquereaux au vin blanc, peut-être...

– Je me demande comment tu as le courage de manger. Moi, je ne pourrais pas avaler une miette.

A peine éveillée, les événements de la veille m'avaient à nouveau sauté au visage : la panne de la Vespa, le Cabinet des Poisons, notre déception en découvrant les caches vides. Nous avions été si près du but que je n'arrivais pas à me faire à l'idée qu'il fallait renoncer. Mais sans indice, que faire ? Où chercher ? Il fallait bien nous rendre à la raison : l'aventure tournait court. Il ne nous restait plus qu'à rentrer chez nous, bredouilles et déconfits. Pour un peu, j'en aurais pleuré de rage.

– Il nous reste une chance minuscule, dit P.-P. Le morceau de papier et mon exceptionnelle intelligence. Après tout, il a suffi

106

d'un simple caillou à Champollion pour déchiffrer les hiéroglyphes égyptiens. Ne nous laissons pas abattre.

Et il mordit à pleines dents dans une tartine dégoulinant de miel.

Entre-temps, Rémi nous avait rejoints, la mine sombre.

— Ces poissons de la campagne sont de fieffés imbéciles, maugréa-t-il en jetant sa gaule dans l'herbe. Deux heures que je leur promène un ver de terre sous le nez... Vous voulez savoir quelque chose ? J'en ai soupé de la nature, des pique-niques et des bouses de vaches. J'ai envie de gaz carbonique et d'un bon hamburger !

— Tu ne voulais tout de même pas camper sur un parking de supermarché, remarquai-je avec humeur.

L'ambiance tournait au vinaigre. J'attrapai mes affaires et allai me débarbouiller dans la cour de la ferme. L'eau qui coulait de la pompe était délicieusement glacée et me remit un peu les idées en place. P.-P. avait raison : il nous restait une chance minuscule. A vrai dire, je n'y croyais pas vraiment, mais autant profiter au mieux de cette journée de vacances inespérées. Nous n'avions fait que courir depuis notre départ. Rien de tel que de ne rien faire pour voir le moral remonter en flèche.

Contrairement à Rémi, j'adore la campagne. Mon rêve serait d'élever des chevaux

dans une région tranquille. J'aurais une maison pleine de chiens et de chats, je passerais mes journées à galoper dans les champs, toute seule, sans deux vieux garçons casaniers qui ne cessent de se quereller.

Quand je revins, P.-P. s'était enfermé dans la tente avec le guide de M. Coruscant.

– « *Nutrisco et...* » « *Nutrisco et...* », répétait-il. Allons, Pierre-Paul, du courage : ce ne sont pas deux misérables mots latins qui feront trébucher un athlète de la pensée !

Quand P.-P. parle de lui à la troisième personne, comme Jules César, je pourrais le découper en rondelles. Rémi avait filé en ville sous prétexte de poster la lettre pour M. Coruscant. J'avais la paix, une longue journée tranquille devant moi.

Un peu désœuvrée, j'allai flâner dans les champs. Je passais un long moment au bord de la mare à regarder une famille de canards qui jouaient dans les roseaux. L'après-midi, j'aidai la fermière à nourrir les lapins. Les femelles avaient mis bas au printemps et d'adorables lapereaux se pressaient dans le clapier, poussant à travers le grillage leur petit museau rose. La cuisine de la ferme sentait la tarte aux prunes. Plus tard, j'aidai aussi à écosser les petits pois que la fermière avait cueillis dans le potager. C'était une brave femme à chignon, avec de gros mollets et des mains solides. J'étais bien. Je me rappelais les vacances d'autrefois, quand ma grand-mère était encore en vie et que nous faisions de la cuisine toutes les deux sur un gros poêle à bois.

– Il faut manger, ma fille, répétait la fermière. Tu es maigre comme un coucou. Si tu n'engraisses pas un peu, jamais tu ne trouveras un mari.

C'était bien le cadet de mes soucis. Quand je rejoignis Pierre-Paul, il dormait à poings fermés, le guide de M. Coruscant ouvert sur l'estomac.

– Bravo ! Belle manière de réfléchir !

– Euh, ne te fie pas aux apparences, bredouilla-t-il. En fait, je ne dormais pas. C'est une vieille méthode de méditation tibétaine et...

– Une indigestion de saucisson, oui ! Tu ronflais comme une marmotte.

Il se frotta les yeux avec accablement.

– Je sèche, Mathilde... Je sèche lamentablement. J'ai eu beau relire le guide en tout sens, impossible de rien trouver. Je suis déshonoré, humilié, battu à plate couture. Il ne me reste qu'une solution.

– Laquelle ?

– Me faire hara-kiri avec l'ouvre-boîte de mon canif.

Il avait un air si pitoyable que je ne pus m'empêcher d'éclater de rire.

J'allais répondre quand une série de coups de klaxon retentit, bientôt suivie du ronflement de ma petite mobylette.

Rémi traversait la cour de la ferme, cornant joyeusement. Mais il n'était pas seul : derrière lui, assis en croupe sur la selle, il y avait M. Coruscant, coiffé du casque à boudins de l'oncle Firmin.

17
L'invité surprise

– Je vais tout vous expliquer, commença Rémi.

Nous étions assis autour d'un bon feu de camp, entourant notre invité surprise. Pour une fois, P.-P. s'était dépassé : une délicieuse odeur de saucisses grillées montait dans le crépuscule et des pommes de terre achevaient de cuire doucement sous la cendre.

– Culbert, vous êtes un vrai cordon-bleu, dit M. Coruscant. Je n'avais plus dîné à la belle étoile depuis mes fouilles en Mésopotamie, il y a bien longtemps.

– Un hasard miraculeux, expliqua Rémi. Donc, ce matin, j'arrive à Blois, bien décidé à faire quelques flippers. Je ne connais rien de mieux pour me calmer les nerfs. Je trouve un bar, avec un superbe flipper électronique à cinq francs la partie : en une heure, j'avais claqué tout mon argent de poche. J'étais lessivé.

Je ressors, furieux, les nerfs en pelote, prêt à tuer quelqu'un. Et là, le coup de bol ! Devant moi, à deux cents mètres, devinez qui ? L'homme du train, le béret sur la tête et l'écharpe au vent !

Il ménagea une pause, tout fier de son effet.

— Mon sang ne fait qu'un tour... Il saute dans un taxi, moi j'enfourche la mobylette et je le prends en filature. Cette fois, pas question de le laisser s'échapper !

— Bravo, Pharamon ! s'exclama M. Coruscant. Je reconnais bien là votre esprit d'initiative.

— C'était notre dernière chance, continua Rémi, rougissant sous le compliment. Heureusement, j'avais la pétrolette de Mathilde : en vélo, j'aurais sans doute été semé. Bref, on roule un moment, puis le taxi s'arrête devant la gare de Blois. L'homme du train en descend. Le temps qu'il règle la course, je gare la mobylette et je le suis discrètement jusqu'au guichet. Là, je l'entends qui demande un billet de deuxième classe pour Azay-le-Rideau.

— Magnifique, dit P.-P. Mais tu es sûr qu'il ne t'a pas repéré ?

— Qu'est-ce que tu crois ? Je regarde suffisamment de feuilletons à la télé pour savoir m'y prendre... Je lui collais littéralement aux talons. En tout cas, je ne sais pas qui est l'homme du train, mais je peux vous dire qu'il empeste le parfum !

— Le parfum ? répéta P.-P. Curieux, en effet.

– Je ne savais plus quoi faire. Sans argent, impossible de prendre un billet à mon tour. D'un autre côté, je ne pouvais pas le laisser filer. Il ne restait qu'une solution : monter en fraude, en espérant qu'il n'y aurait pas de contrôleur. C'est ce que je m'apprêtais à faire quand, débouchant sur le quai, je suis tombé nez à nez sur M. Coruscant...

– Je vous dois quelques explications à mon tour, intervint ce dernier. En recevant votre petite carte ce matin, je n'ai pas su résister à la tentation de vous rejoindre. J'ai sauté dans le premier train pour Blois, espérant que vous y seriez encore. Après tout, mon étude sur la monnaie romaine peut bien attendre quelques jours... Mais je crains bien d'avoir tout gâché : sans moi, Pharamon, vous n'auriez pas perdu l'homme du train.

– Nous le retrouverons facilement, dis-je. Azay-le-Rideau ne doit pas être une ville si grande que ça.

Rapidement, je racontai à M. Coruscant les événements des jours précédents : la découverte de la cache, dans le Cabinet des Poisons, la disparition du quatrième indice, le bout de papier et les deux mots latins sur lesquels Pierre-Paul s'était penché.

– « *Nutrisco et...* », dites-vous ? répéta M. Coruscant. C'est peu, en effet. Laissez-moi réfléchir. Cela me rappelle quelques vieux souvenirs d'étudiant. Malheureusement, ma mémoire n'est plus ce qu'elle était.

Assis en tailleur devant le feu, une serviette nouée autour du cou, M. Coruscant ressemblait plus à un chasseur de fauves à la veillée qu'à un vieux professeur d'histoire-géo. Il portait son short de brousse, des chaussettes montantes, de gros godillots à passants métalliques, et je me demandais s'il avait emporté aussi son filet à papillons.

Soudain, il se frappa le front :

– *« Nutrisco et extinguo ! »* « Je m'en nourris et je l'éteins ! » Comment n'y ai-je pas pensé plus tôt ? C'est la devise de la salamandre !

Nous le regardâmes, ébahis.

– Mais oui ! La salamandre est un animal imaginaire, moitié lézard, moitié dragon, qui avait la réputation de vivre dans le feu. D'où sa devise : « Je m'en nourris et je l'éteins. » François Ier en a fait son emblème. Une rapide vérification dans le guide que je vous ai confié vous apprendra qu'il existe au château d'Azay-le-Rideau une salle dite « chambre de François Ier » dont la cheminée s'orne d'une magnifique salamandre ! C'est là qu'il faut chercher la dernière pièce du puzzle.

– Hourra pour M. Coruscant ! s'écria Rémi. Nous avons trouvé !

Et, sautant sur ses pieds, il m'entraîna dans une ronde joyeuse autour du feu, sous le regard attendri de M. Coruscant.

18
Les exploits
du professeur Coruscant

J'avoue que j'eus du mal à m'endormir ce soir-là. La nuit était claire, le ciel saupoudré d'étoiles. Des chiens se répondaient à travers la campagne, on entendait contre la tente un bruissement d'herbes froissées comme si des bêtes avaient rôdé tout près de nous.

Était-ce mon imagination survoltée ? Nous touchions au but et je me sentais dans l'état étrange des veilles de contrôle, excitée et inquiète tout à la fois. Dans mes rêves, une salamandre se promenait autour de notre tente, ronflant doucement et crachant des étincelles. A l'instant où elle passait la tête sous la toile, je poussai un cri et m'éveillai.

C'était le petit matin. Pierre-Paul n'avait pas les yeux en face des lunettes. Lui non plus n'avait pas bien dormi.

– Jamais je n'aurais dû reprendre des pommes de terre, murmura-t-il. J'ai l'estomac tout barbouillé. Rémi n'a cessé de me bourrer de coups de pied dans son sommeil en beuglant que j'étais l'homme du train. Pourquoi le monde est-il si cruel ?

Nous retrouvâmes M. Coruscant à la ferme pour un solide petit déjeuner. Il avait dormi dans une chambre, à l'étage, et préparé le plan de la journée.

– Voici Blois, dit-il en étalant une carte sur la table. Une fois restaurés, nous filons à marche forcée vers Azay-le-Rideau. Distance : 75 km. Temps estimé : trois heures.

– Trois heures ? Je ne suis pas Indurain, moi ! protesta Rémi. La bécane de Philibert est un vieux clou et...

– Tout est réglé, mon jeune ami, le rassura M. Coruscant. Nos hôtes ont l'extrême amabilité de mettre à notre disposition un engin motorisé. Vous n'aurez pas à pédaler. Le succés de l'opération dépendant de la rapidité de son exécution, nous laisserons ici toute l'intendance. Ne l'oubliez pas, notre adversaire a une bonne journée d'avance sur nous.

Avec ses cheveux en brosse et ses lorgnons, M. Coruscant ressemblait à un général.

– Voilà l'engin, dit-il fièrement quand nous fûmes dans la cour. Mathilde, vous monterez avec moi.

– Là-dessus ? m'exclamai-je, incrédule.

Mais ce machin date au moins de la guerre de 14 !

Les fermiers avaient sorti d'un hangar un vieux side-car militaire, couvert de poussière et de toiles d'araignée.

– Apprenez, jeune fille, qu'à vingt ans, je traversais le Tibesti inférieur sur une machine de ce genre. Vous allez voir, j'ai quelques beaux restes.

Il fallut bien m'exécuter. Après avoir dit adieu à nos hôtes, je me pliai dans l'étroit habitacle, aussi à l'aise que si je m'étais glissée dans un cercueil roulant.

M. Coruscant mit les gaz, lâcha le frein, et nous partîmes d'un bond en zigzag, évitant de peu le prunier et une poule imprudente qui passait par là.

– Guidon un peu raide ! hurla M. Coruscant pour couvrir les rugissements du moteur. Mais rassurez-vous, je l'ai bien en main !

Nous dégagions une telle fumée que c'est à peine si j'apercevais la Vespa de P.-P., portant Rémi en croupe, qui nous suivait à quelque distance.

Lunettes de motard sur le nez, les lanières de son casque claquant au vent, M. Coruscant semblait vouloir battre le record de l'heure. Cramponnée à la poignée, j'avais l'impression que la peau de mon visage se collait sur mon crâne. Nous sautions allègrement les lignes blanches, prenant tous les virages à gauche,

118

regardant les voitures s'écarter devant nous comme par miracle, tandis que M. Coruscant pressait avec frénésie la poire en caoutchouc qui lui servait de klaxon.

Quand nous arrivâmes à Azay-le-Rideau, mes jambes ne me portaient plus. J'étais brisée, comme si je venais de passer la matinée dans l'essoreuse d'une machine à laver. Mais au moins, j'étais vivante.

– Pour tout vous avouer, dit M. Coruscant, les cheveux dressés sur la tête, je suis myope comme une taupe. Sans cela, nous aurions roulé plus vite. Il faudra vraiment un jour que je me décide à passer mon permis moto.

– Parce que vous n'avez pas le permis non plus ?

– Pour quoi faire ? La conduite de ces petites machines n'a plus de secrets pour moi.

Décidément, M. Coruscant était assez extraordinaire. Qui aurait pu imaginer, en le voyant sur son estrade, que notre prof d'histoire-géo conduisait des motos sans permis et avait traversé avant-guerre des régions inexplorées ?

– Laissez-moi apprécier la situation, dit-il en examinant les cars de touristes qui se pressaient sur le parking. Je crains que l'heure ne soit mal choisie pour nos petites investigations. Trop de monde. Il faut changer nos plans.

– La vérité sort de votre bouche, ô mon vénéré maître, acquiesça P.-P., toujours fayot.

Le château doit être comble. Puis-je suggérer que nous attendions une heure plus propice ?

– Et l'homme du train ? intervint Rémi. Pas question de se laisser griller sur le fil une nouvelle fois !

– Justement. Prenons position dans ce charmant troquet : de là, nous pourrons surveiller les allées et venues suspectes devant quelques rafraîchissements. La patience, Pharamon, est le secret des grandes victoires... Attendons ce soir pour investir la place en toute tranquillité. D'ailleurs, cette course m'a donné soif. Que diriez-vous d'une bonne limonade ?

M. Coruscant avait sans doute raison. Je ne me voyais pas chercher la salamandre au milieu d'une telle foule. Quant à l'homme du train, nous ne pouvions le manquer s'il entrait au château.

Rongeant notre frein, nous nous résolûmes à attendre. La patience n'est pas mon fort, mais la salamandre était à ce prix. C'était bien la peine d'avoir manqué nous tuer vingt fois sur la route.

19
Piégés !

Ce fut le plus long après-midi de toute ma vie.

M. Coruscant avait mis cette attente à profit pour nous présenter le château. Il aurait fait une interro surprise que j'aurais été bien incapable de retenir quoi que ce soit de son exposé, sinon que le bâtiment datait de la Renaissance, qu'il avait été construit par un certain Berthelot, un riche financier du XVIe siècle et confisqué par François Ier...

Vers dix-huit heures, enfin, le flot des visiteurs s'éclaircit. Je n'avais plus d'ongles, les yeux me brûlaient à force de scruter la foule. L'homme du train ne s'était pas montré et je commençais à être inquiète. Et s'il était passé avant nous ?

– Jeunes gens, dit gravement M. Coruscant, l'heure H a sonné. Il est temps de vérifier la validité de nos hypothèses.

Je poussai un soupir de soulagement. Une minute de plus sur cette chaise de café et ma colonne vertébrale aurait ressemblé à une clef de sol.

Traversant la place, nous entrâmes dans une petite construction ancienne qui servait de billetterie. Derrière, s'ouvraient des jardins fleuris, plantés d'arbres majestueux et traversés d'une rivière. Au bout d'un petit pont se dressait le château, reflétant dans l'eau verte des douves sa façade coiffée de tourelles pointues. Un cygne glissait lentement, tout était calme, presque féerique.

– Admirez les proportions harmonieuses de l'édifice, s'enthousiasma M. Coruscant. Et quel admirable cadre de verdure !

Mais nous avions autre chose à faire qu'à nous extasier sur la beauté du lieu. Prenant la tête de notre petite troupe, Rémi s'était déjà engagé dans l'escalier du logis principal. P.-P. fermait la marche, le nez plongé dans le guide pour tâcher de se repérer.

– L'instant est solennel, murmura-t-il avec un frisson d'excitation.

A droite s'ouvrait une première salle, tendue de tapisseries aux teintes passées.

– La salle à manger, expliqua M. Coruscant. Remarquez les poutres décorées du plafond.

Nous poursuivîmes notre visite, traversant d'autres salles, toutes ornées de meubles d'époque. Rien ne semblait avoir changé depuis François Ier : on aurait dit le château de la Belle au bois dormant, comme si le temps, ici, s'était arrêté durant des siècles. Par les fenêtres à carreaux plombés, on apercevait sur les berges de grosses barques en bois verni, un saule dont le feuillage baignait dans l'eau. Pour un peu, j'en aurais oublié le trésor que nous cherchions.

– Je crois que nous y sommes, dit enfin M. Coruscant. La chambre de François Ier.

C'était une grande pièce glaciale, aux plafonds hauts, aux meubles lourds et sombres. Au fond, une cheminée monumentale dans laquelle on aurait pu faire cuire un éléphant. M. Coruscant avait vu juste : au-dessus de la cheminée, la queue repliée sous les pattes, un gros lézard crachait des flammes sous une couronne à fleurs de lis.

– Nous avons trouvé, bégaya P.-P. La salamandre de François Ier...

On aurait dit une sorte de dinosaure préhistorique, la gueule fendue d'un sourire inquiétant, l'échine crénelée comme une muraille de château fort. J'eus un petit frisson. Si j'avais été roi, j'aurais choisi un autre emblème, quelque chose de joli comme une fleur ou un papillon.

– Vite, s'impatienta Rémi. Cherchons dans

la cheminée. Je suis sûr que c'est là qu'est cachée la Salamandre d'Or de Roberto Bolognese.

Mais nous eûmes beau sonder les murs, tâter le conduit de la cheminée, rien... Pas de cache secrète, de niche encastrée dans la pierre où l'on aurait pu dissimuler une statuette de cette taille.

– Essayons autre chose, suggéra P.-P. Le bas-relief abrite peut-être un mécanisme actionnant un double-fond. J'ai vu ça un jour, dans un film.

Nous palpâmes fébrilement la salamandre, mais rien ne se produisit. Il fallait bien se rendre à l'évidence : M. Coruscant avait fait fausse route.

– Non, s'entêta P.-P. Nous avons la preuve que le quatrième indice conduisait bien ici. Sans cela, pourquoi l'homme du train aurait-il pris un billet pour Azay-le-Rideau ?

– On n'est pas au cinéma, P.-P., dit Rémi avec découragement. Tu vois bien qu'il n'y a rien ici.

– Mes pauvres amis, gémit M. Coruscant, j'ai bien peur de vous avoir menés sur une fausse piste.

– Attendez ! s'écria P.-P. Vous avez bien dit que la salamandre vit dans la braise ? qu'elle s'en nourrit ?

– 20 sur 20, P.-P., ironisa Rémi. Tu as bien retenu la leçon.

– Mais la solution saute aux yeux, alors ! poursuivit P.-P. en ignorant l'interruption. C'est aux cuisines qu'il faut chercher !

– Bien sûr ! beugla M. Coruscant en écho. Le feu, la nourriture, les cuisines, tout concorde ! Culbert, vous êtes mon digne élève.

Aussitôt nous rebroussâmes chemin, le cœur battant à tout rompre.

Les cuisines du château étaient situées au rez-de-chaussée. Une faible lueur entrait par d'étroites fenêtres, baignant la pierre nue et les voûtes à ogives d'une lueur lugubre. Un tourne-broche gigantesque, une potence, des ustensiles noircis : on se serait cru dans une salle d'armes plutôt que dans une cuisine. Par chance, nous étions seuls dans cette partie du château. L'heure tournait, il fallait se dépêcher si nous voulions trouver avant la fermeture.

Grimpant sur une table, Rémi avait glissé la main dans la cheminée, tâtonnant en aveugle. Soudain, nous le vîmes blémir.

– Je crois que je viens de toucher quelque chose. C'est lisse, froid... Attendez, ça bouge ! Bon sang, je tremble tellement que je vais tout lâcher.

Il y eut un raclement à l'intérieur du conduit.

– On dirait une statuette, encastrée dans une pierre manquante de la cheminée. Ça y est, je l'ai !

Au même instant, ses doigts dérapèrent. L'objet bascula, échappant à sa prise.

Par chance, Rémi a de bons réflexes. L'habitude du basket, sans doute. Lâchant un juron, il rattrapa la statuette au vol à l'instant où il heurtait la table.

C'était la Salamandre d'Or de Roberto Bolognese !

Au même moment, un grincement se fit entendre derrière nous.

– La porte ! hurla P.-P. On nous enferme !

Mais il était déjà trop tard. La porte des cuisines venait de se fermer avec fracas. Une clef tourna dans la serrure, des pas résonnèrent dans l'escalier puis s'évanouirent.

Nous étions prisonniers dans les cuisines.

20
L'homme du train

– Cataclysme ! murmura P.-P. L'homme du train ! Il nous a suivis.

– Pas de panique, intervint Rémi. Nous l'avons devancé : la salamandre est à nous.

C'était une statuette d'une trentaine de centimètres, la réplique exacte de la salamandre de François Iᵉʳ. Dans la pénombre, ses flancs dorés brillaient d'un éclat magique. Roberto Bolognese avait véritablement créé une œuvre magnifique, et elle était à nous !

– Mes enfants, dit gravement M. Coruscant, vous vivez là des instants solennels, comme seuls en ont connu avant vous Schliemann devant les ruines de Troies et l'expédition qui a résolu le mystère de la Grande Pyramide.

– Permettez-moi de vous rappeler que tous

les membres de cette expédition sont morts peu après, victimes d'un mal inexplicable, dit P.-P. Si nous ne pouvons sortir d'ici, qui assistera à mon triomphe ?

– Appelons, suggérai-je. Quelqu'un viendra bien nous ouvrir.

Mais la porte était trop épaisse. Nous eûmes beau tambouriner, hurler, personne ne vint.

– Le château ferme dans vingt minutes, paniqua P.-P. Nous sommes coincés pour la nuit, sans vivres ni oreillers.

M. Coruscant se gratta le crâne.

– La situation est préoccupante, en effet. La nuit va tomber. J'ai bien peur qu'il faille se résoudre à installer ici un campement de fortune.

– Chut ! lança alors Rémi. On vient !

En effet, il y avait quelqu'un derrière la porte. Un bruit de pas furtifs s'était fait entendre, plus inquiétant que rassurant à vrai dire.

– Les gardiens, murmura P.-P. Nous sommes faits.

La clef tourna doucement dans la serrure. Un grincement, et la porte s'entrebâilla, laissant filtrer le rayon lumineux d'une torche. L'inconnu, quel qu'il soit, ne semblait guère plus rassuré que nous.

– Non, pas un gardien, siffla Rémi. Ce parfum... C'est l'homme du train !

130

Déjà il avait bondi, se jetant sur l'inconnu comme s'il plaquait un rugbyman. Il y eut un cri étouffé et ils roulèrent à terre en une lutte sauvage.

– La torche ! haleta Rémi. Je le tiens !

L'homme avait lâché sa lampe. Je m'en emparai d'un bond et éclairai la scène.

Rémi avait le dessus. Plaquant l'individu au sol, il menaçait de l'étrangler avec un pan de son écharpe. Dans la bataille, le béret avait roulé au sol, révélant un visage encore jeune, aux yeux écarquillés. Mais le plus étrange était cette moustache qui pendouillait d'un seul côté de son nez, comme si l'autre côté avait été arraché.

– Arrêtez ! glapit alors P.-P. Arrêtez !

Notre ennemi juré, l'homme qui nous suivait depuis le départ, n'était autre que Rose-Lise de Culbert, la sœur de P.-P.

21
Cul-de-sac

– Quelle brute ! geignit Rose-Lise en s'asseyant péniblement sur les marches. Ce mastodonte a bien failli me briser les côtes !

On aurait cru entendre P.-P. : la même voix grêle, le même visage rond et myope, mais dans un corps tout sec. Rose-Lise est la sœur aînée de P.-P., et avoir une sœur pareille est pire qu'un casier judiciaire.

– Mademoiselle, dit M. Coruscant, je pense que vous nous devez quelques explications.

Rose-Lise haussa les épaules et arracha le reste de son postiche.

– Tout est de sa faute, commença-t-elle en désignant P.-P. Comme vous le savez, je suis abonnée à *La Dépêche*. C'est grâce à moi que Pierre-Paul a découvert cette chasse au trésor. Alors, quand j'ai compris que mon petit frère chéri s'apprêtait à tenter l'aventure sans moi, mon sang n'a fait qu'un tour. J'ai décidé de participer moi aussi à la course et de lui faire rentrer sa suffisance dans la gorge !

– En nous filant ? s'indigna P.-P. Un peu commode, permets-moi de te le dire ! Je déploie des prodiges d'intelligence et de déductions, et toi tu te contentes de nous suivre comme un caniche qui flaire un bon os.

– Décidément, pauvre nain, tu seras toujours le même. Le premier indice me manquait, j'ai dû me déguiser pour vous filer le train. Je me serais volontiers passée de ta compagnie grotesque, figure-toi, mais comment faire autrement ? Quant aux indices suivants, ce fut pour moi un jeu d'enfant.

– J'ai toujours su que tu étais mauvaise joueuse, dit P.-P. J'avais trois ans que tu trichais déjà au Monopoly pour me voler mes hôtels.

– En tout cas, triompha Rose-Lise, j'étais à Blois bien avant toi.

– Où tu as volé les indices pour nous barrer la route ! Très *fair-play* de ta part !

– Ce doit être un défaut de famille, dis-je en regardant P.-P. Sans moi, tu faisais la même chose à la tour Charlemagne.

Leurs chamailleries commençaient à m'agacer prodigieusement.

– Moi, en tout cas, rétorqua P.-P. avec hauteur, je n'enferme pas les gens dans des châteaux déserts, sans boisson ni nourriture.

– Comment ça ? s'étrangla Rose-Lise. D'accord, c'est moi qui ai volé les indices de Blois. Mais tu ne m'accuses pas, je l'espère, de t'avoir enfermé ici ? J'ai entendu des cris, j'ai voulu vous venir en aide et voilà le résultat : deux côtes fêlées et mon frère qui m'accuse de tentative d'assassinat !

– Mais alors, bredouilla P.-P., si ce n'est pas toi, qui alors ?

– Je le jure, dit Rose-Lise, levant la main et crachant par terre. Sur la tête de notre chère môman. Mais cela n'a plus d'importance maintenant. Vous avez la salamandre, je dois m'avouer vaincue. Moi aussi, j'ai fouillé les cuisines, tôt ce matin. En vain, malheureusement.

– Une pierre a été descellée dans le conduit de la cheminée, expliqua fièrement Rémi. La salamandre était cachée là.

– Maintenant, filons, intervins-je. Le château ferme dans trois minutes.

– Attendez ! dit M. Coruscant. Je crains d'avoir à vous apprendre une épouvantable nouvelle.

Nous ouvrîmes tous de grands yeux. Qu'arrivait-il encore ?

– Hélas ! continua-t-il en montrant la salamandre. Regardez cette éraflure. La peinture s'est écaillée en cognant la table. Du plâtre recouvert d'une pellicule dorée ! Nous avons affaire à un faux flagrant.

22
Le bout de la piste

Nous étions abasourdis.

La Salamandre d'Or, un faux ?

– Il faut se rendre à l'évidence, dit enfin M. Coruscant. Quelqu'un est passé là avant nous et a remplacé l'original par un vulgaire moulage de plâtre. Dans quel but, je l'ignore. Mais, à l'heure actuelle, la vraie Salamandre est déjà loin.

– Mais qui ? éclatai-je. Et pourquoi la remplacer par un faux ? Tout cela n'a pas de sens !

– Quittons les lieux, dit M. Coruscant. Nous n'avons plus rien à faire ici.

Nous sortîmes du château à pas lents, l'esprit tourneboulé par ce dernier coup du sort. Échouer si près du but ! C'était vraiment trop injuste. Si encore nous avions été battus à la loyale, par un concurrent plus rapide que nous... Mais qui pouvait bien avoir intérêt à cette substitution ?

– Je suis sincèrement désolée, dit Rose-Lise. Sans moi, vous seriez sans doute arrivés à temps.

– Rien ne sert de se lamenter, dit Rémi en haussant les épaules. Nous sommes tous responsables. Nous avons perdu trop de temps : à Mortemare, d'abord, puis avec la Vespa de P.-P.

– Mortemare ? m'écriai-je dans une subite illumination. Rémi, tu es un génie !

Comme il ouvrait des yeux ronds :

– Mais si, rappelle-toi : les deux hommes parlaient de la salamandre et des imbéciles qui la cherchaient ! Omnubilés par l'homme du train, nous avons oublié ces deux-là. Je suis sûre que la solution de l'énigme se trouve à Mortemare.

Rapidement, j'expliquai à Rose-Lise notre mésaventure du premier soir : l'orage sur la route, notre campement improvisé, la découverte de la demeure abandonnée où nous avions failli nous faire bêtement surprendre.

– Récapitulons, dit P.-P. Que savons-nous des inconnus de Mortemare ? L'un des deux se nomme Bertie, ils cherchent la salamandre comme nous et Rémi a vaguement reconnu le bruit d'une Mercedes quand ils ont quitté les lieux...

– Une Mercedes ? répéta Rose-Lise. Mais il y en avait une sur le parking du château ce soir. Une plaque étrangère, italienne peut-être. Je n'ai pas eu le temps de bien voir : elle a démarré en trombe quand je suis arrivée.

M. Coruscant hocha pensivement la tête.

– Simple coïncidence, sans doute. Mais si ténu soit-il, c'est le dernier fil qui nous relie à la salamandre. Il faut filer sur l'heure à Mortemare.

La nuit commençait à tomber. Une trentaine de kilomètres nous séparaient de Mortemare, mais le temps pressait. Demain, il serait sans doute trop tard.

– Je sais que je n'ai pas toujours joué franc-jeu, dit Rose-Lise en nous voyant nous affairer pour le départ. M'accepteriez-vous quand même, juste pour cette fois ?

Nous nous regardâmes tous, peu enchantés à vrai dire de voir notre équipe grossie d'un deuxième Culbert. Un seul suffisait déjà amplement.

– Après tout, dis-je, sans Rose-Lise, nous restions enfermés au château pour la nuit. Et puis, nos adversaires sont peut-être dangereux. Nous avons besoin de bras. Mais c'est M. Coruscant le chef de l'expédition, à lui de décider.

M. Coruscant s'avança. Saisissant Rose-Lise, il lui donna cérémonieusement l'accolade. Puis, reculant d'un pas :

138

– Mademoiselle, par les pouvoirs qui me sont conférés, je vous fais chevalier honoraire de notre confrérie des chasseurs de salamandre. Soyez la bienvenue parmi nous.

Rose-Lise était écarlate.

– Merci, bredouilla-t-elle. Merci à tous. J'espère me montrer digne de cet honneur.

P.-P. leva les yeux au ciel avec accablement.

– Deux filles sur les bras, il ne manquait plus que ça ! Je vous préviens, la prochaine chasse au trésor que j'organise sera strictement réservée aux garçons.

Nous éclatâmes tous de rire.

– Et maintenant, en route ! lança notre chef. Plus une minute à perdre !

Cette fois, je laissai Pierre-Paul et sa sœur s'entasser en se disputant dans l'habitacle du side-car. Je n'aurais pas survécu à un autre voyage avec M. Coruscant.

Je montai derrière Rémi, sur la Vespa de P.-P., et nous partîmes à fond de train dans le crépuscule qui tombait.

23
A l'assaut

Il faisait nuit noire quand nous arrivâmes en vue de Mortemare.

Contournant l'enceinte, nous pénétrâmes dans la propriété, moteurs éteints, par le chemin que nous avions emprunté le premier soir. Si les choses tournaient mal, mieux valait pouvoir nous repérer.

– C'est ici, indiqua Rémi. Regardez : les restes de notre feu de camp.

Nous cachâmes nos engins dans les buissons puis, à la file indienne, nous nous enfonçâmes dans le petit bois.

Rémi guidait la marche, s'éclairant de brefs coups de torche. Le sentier était étroit, les branches nous giflaient le visage. Plusieurs fois, je butai contre une souche, invisible dans l'obscurité. Il faisait noir comme dans un four, mais mieux valait progresser dans l'obscurité si nous voulions surprendre nos adversaires.

– Des yeux, là ! hurla soudain Rose-Lise. On nous observe !

Mais ce n'était qu'un renard qui détala à notre approche. L'instant d'après, il y eut un grand « plonc ! » P.-P. venait d'entrer en collision avec un tronc d'arbre.

– Bravo, les Culbert ! s'emporta Rémi. Vous feriez de fantastiques commandos !

– J'aurais voulu t'y voir, gémit P.-P. Pas l'habitude de faire le singe comme toi dans les arbres, moi ! Je ne suis qu'un petit être tendre, livré à une nature hostile et ténébreuse.

– Silence dans les rangs, gronda M. Coruscant. Nous approchons du manoir.

En effet, on devinait déjà des lumières à travers les feuillages. Le plus dur restait à faire : progresser à terrain découvert à travers la pelouse.

– Trois vagues d'assaut, ordonna M. Coruscant. J'avance en éclaireur. Culbert, vous me suivez avec Mathilde. Rémi, vous servirez d'escorte à Mlle de Culbert. Rassemblement sous les fenêtres du manoir.

– J'ai gagné le gros lot, marmonna sombrement Rémi.

Mais déjà M. Coruscant avait disparu dans la nuit, courant avec une agilité qu'on n'aurait pu soupçonner chez un savant de sa trempe.

Je le suivis à distance avec Pierre-Paul. La lune s'était levée, projetant des ombres gigantesques sur la pelouse. Je dois dire que je n'en menais pas large : nous formions des cibles idéales, et le tireur le plus minable nous aurait abattus comme de vulgaires pipes de foire.

Enfin, nous arrivâmes à l'abri des façades, bientôt rejoints par Rémi et Rose-Lise.

– Reconnaissance des lieux, chuchota M. Coruscant. Repérons d'abord l'ennemi, puis lançons l'assaut.

A pas de loup, nous nous approchâmes des portes-fenêtres. L'une d'entre elles était entrebâillée. De grands rideaux la masquaient, mais nous pouvions entendre deux hommes qui conversaient, tranquillement installés dans le grand salon où nous nous étions cachés.

– Mon vieux Bertie, nous les avons bien eus ! disait la première voix.

– Une imitation parfaite, oui. Ils n'y verront tous que du feu.

– Une bonne nuit de sommeil, poursuivit l'autre, et nous filons avec la salamandre. Direction, l'Italie !

– Quand même, reprit la seconde voix après un silence, je ne sais pas ce qui t'a pris d'enfermer ces jeunes gens dans le château. Je ne me le pardonnerai jamais s'il leur arrive quelque chose.

– Bah ! ils ne risquent rien : un bon rhume, tout au plus.

Nous nous tournâmes vers M. Coruscant. Nous en savions bien assez. Maintenant, il fallait agir.

– J'entre le premier, murmura-t-il. Pharamon, Culbert, vous me suivez et vous bloquez les issues. Quant à vous, mesdemoiselles, vous restez en retrait pour assurer les premiers soins. Je ne serais pas étonné si nous devions distribuer quelques horions.

Comment ? J'avais traversé un souterrain puant, dormi à la belle étoile, et l'on me réduisait au dernier moment au rôle d'infirmière ?

– Hors de question, dis-je un peu trop fort. J'entre avec vous.

– Bertie, cria l'un des deux hommes, il y a quelqu'un dehors ! Filons d'ici !

– Trop tard ! hurla M. Coruscant en bondissant à l'intérieur. Fini de rire, mes drôles ! Vous êtes cernés !

En moins de temps qu'il ne faut pour le dire, nous nous étions rués à l'intérieur du salon, prenant position autour des deux hommes qui nous regardaient avec des yeux ahuris.

– Toute résistance est inutile, messieurs, poursuivit M. Coruscant. Rendez-vous dignement. Je vous préviens : j'ai été champion du Poitou de boxe française.

Les deux hommes parurent hésiter. Le premier était petit et maigre, un visage chafouin, le second grand et large, avec une immense barbe qui tire-bouchonnait jusque sur sa poitrine.

Où donc avais-je vu cette tête-là auparavant ? Soudain, je me frappai le front.

– La photo de *La Dépêche* ! m'exclamai-je, braquant mon index sur Bertie. Je le reconnais : c'est Roberto Bolognese, le sculpteur de la salamandre !

24
Le secret
de la salamandre

– D'accord, dit enfin Bertie en courbant les épaules avec résignation. Vous avez gagné. D'ailleurs, j'aime mieux ça : vous êtes sains et saufs, c'est l'essentiel.

Il montra les fauteuils qui l'entouraient.

– Asseyez-vous. Nous allions prendre une collation. Voulez-vous vous joindre à nous ? Il sera toujours temps d'appeler la police après.

Nous jetâmes un coup d'œil interrogateur vers M. Coruscant.

– Je crois que nous pouvons accepter, dit ce dernier. Je connais Roberto Bolognese de réputation : c'est un artiste, pas un malfaiteur. Nous pouvons faire confiance à son sens de l'honneur.

Tandis que son complice s'éclipsait pour chercher des sandwiches, nous nous assîmes tous les cinq, brûlant d'entendre les explications qui nous manquaient encore.

– Oui, commença Bertie, je suis Roberto Bolognese, le sculpteur. Bertie n'est qu'un diminutif. Quand *La Dépêche* m'a proposé de créer une salamandre pour la chasse au trésor qu'elle organisait, je me suis hâté d'accepter. Les commandes se faisaient rares, je traversais une mauvaise passe financière. Cette offre tombait à point.

Il se tut un instant pendant que son complice distribuait des boissons.

– Avec Paolo, mon fidèle assistant ici présent, reprit-il, nous avons travaillé jour et nuit pour concevoir cette Salamandre d'Or. Jusqu'alors, toutes mes œuvres ont été achetées par des musées. Je suis libre de les revoir quand bon me chante. Alors, imaginez ma tristesse au moment de céder mon chef-d'œuvre au journal ! Il serait dissimulé quelque part, deviendrait la propriété d'un être cupide et ignare, incapable d'en apprécier l'élégance et la beauté... C'était un peu comme vendre l'un de mes enfants en sachant que je ne le reverrais jamais plus.

M. Coruscant hocha la tête.

– Un sentiment qui vous honore. Je savais que vous étiez un homme de goût. Mais pourquoi n'avoir pas refusé de vendre la salamandre ?

– C'était trop tard : j'avais touché une grosse avance, dépensée depuis longtemps. Il ne me restait qu'une solution, trouver moi-même la salamandre, la remplacer par une copie et prier pour que personne ne découvre la supercherie.

– C'était compter sans des adversaires de notre trempe, pérora P.-P. On ne nous trompe pas, nous !

– J'ai loué ce manoir abandonné pour me servir de base, continua Roberto Bolognese. Par chance, j'ai pu découvrir la cachette de la Salamandre avant vous et lui substituer la copie. Un peu tard, cependant : nous quittions les cuisines du château d'Azay-le-Rideau, notre butin dissimulé dans un sac, quand vous avez surgi. C'est là que nous avons commis ce geste impardonnable. La panique m'a pris, tout allait être découvert... J'ai laissé Paolo vous enfermer. Le brave homme ne voyait que mon intérêt. N'empêche, je suis coupable. Vous trouverez un téléphone dans l'entrée. N'ayez aucune crainte : je me rendrai à la police sans résistance.

Ainsi, tout s'éclairait : le voleur de la salamandre était le suspect le moins soup-çonnable – son créateur lui-même.

– Et la salamandre ? intervint Rose-Lise.

– C'est vrai, j'oubliais. Vous avez bien mérité votre trophée. Le voici.

Il ouvrit le gros sac posé à ses côtés et, avec mille précautions, en sortit la salamandre.

Nous en eûmes tous le souffle coupé : la lumière des lustres se réfléchissait sur les flancs polis de la statue, jetant des étincelles comme si la salamandre avait été vivante.

Pauvre Roberto Bolognese ! Je comprenais mieux, maintenant, la peine qu'il avait éprouvée à s'en défaire. C'était une véritable œuvre d'art, un joyau de collection comme seuls savent en produire les grands artistes.

– Paolo, dit-il enfin, s'arrachant avec peine à la contemplation de son travail, prépare tes affaires. Mais inutile de te charger : là où nous allons, un pyjama et une brosse à dents feront largement l'affaire.

M. Coruscant toussota, visiblement mal à l'aise. Nous n'osions pas nous regarder. C'était étrange : nous avions réussi, et cependant notre victoire avait un goût amer.

– Non, décréta alors M. Coruscant. Non, cela ne peut pas se passer ainsi. Nous sommes entre *gentlemen* : pourquoi mêler la police à tout cela ?

Il se tourna vers nous, l'air grave.

– Jeunes gens, le récit de M. Bolognese m'a ému, je l'avoue... Quel artiste véritable ne souffrirait-il pas de se voir dépossédé des fruits de son talent ? Pour ma part, je ne puis accepter cette salamandre ; certes, nous l'avons gagnée, mais j'aurais l'impression de l'avoir volée à son créateur. Puis-je me faire votre interprète en suggérant la seule solution

qui m'apparaisse équitable en la cir-
constance ?

Nous savions tous qu'on pouvait se fier à
M. Coruscant en matière de justice, c'est
l'homme le plus intègre que je connaisse, toujours prêt à nous défendre lors des conseils de
classe. Et ce n'est pas Rémi qui aurait pu dire
le contraire.

– Je savais que je pouvais compter sur
vous, dit-il.

Puis, se tournant vers le sculpteur.

– Cher Roberto, reprenez courage.
Demain, si vous le permettez, nous offrirons
l'original de la salamandre à un musée. Vous
pourrez ainsi la voir quand bon vous sem-
blera. Quant à la belle copie que vous avez
réalisée, elle ornera la salle d'histoire-géo-
graphie de notre collège, près du buste de Léonard de Vinci, afin de rappeler à tous ce que
notre civilisation doit à ses grands artistes.

– Vrai ? bredouilla Roberto Bolognese, les
larmes aux yeux. Vous ne préviendrez pas la
police ?

– Et pourquoi donc ? Après tout, sans vous,
nous n'aurions jamais su qui était l'homme
du train.

– Ce n'est pas ce qu'il a fait de mieux, protesta P.-P. Mais, soyons sublimes jusqu'au
bout. Je pardonne tout à ma sœur si elle me
promet de me rendre ma fausse moustache.

152

Nous éclatâmes tous de rire, soulagés par ce dénouement imprévu.

– Eh bien, dit M. Coruscant, puisque tout est bien qui finit bien, si nous attaquions les savoureux sandwiches de Paolo? Ce commando de nuit m'a donné une faim de loup !

Cher M. Coruscant ! C'était la deuxième fois ce soir qu'il résumait l'opinion générale.

Épilogue

Et maintenant, comme dirait mon prof de français, quelques mots de conclusion.

Je termine ce cahier dans ma chambre, un peu mélancolique. Sur le bureau, en face de moi, il y a une grande photo découpée dans *La Dépêche*.

« Les gagnants de notre chasse au trésor offrant la Salamandre d'Or au musée de la Renaissance d'Azay-le-Rideau », dit la légende.

On y voit M. Coruscant et Roberto Bolognese présentant la statuette aux journalistes. Rémi, sérieux comme un pape, a l'air d'avoir avalé un manche à balai. Moi, j'ai mon sourire des photos. De l'autre côté, il y a P.-P., bouche ouverte, les yeux clos et les cheveux dressés sur la tête ; le flash l'a frappé en pleine

154

bouille comme une explosion atomique à l'instant où il se faufilait au premier rang, écrasant le pied de Rose-Lise qui grimace à l'arrière-plan. Ce n'est pas une très bonne photo, mais je ne peux m'empêcher de la regarder avec nostalgie. Après toutes nos aventures, le mois d'août qui s'annonce paraît bien terne. Je donnerais n'importe quoi pour que notre équipe se reforme à nouveau.

Mais voilà : Rémi est parti à la campagne chez son oncle Firmin, Rose-Lise et Pierre-Paul se chamaillent du côté des Baléares, et M. Coruscant s'est replié chez lui, espérant bien terminer son étude sur la monnaie romaine avant la fin de l'été.

Quand j'aurai écrit le mot « Fin », j'achèterai du papier cadeau, du ruban, et je lui enverrai ce cahier. J'en avais fait la promesse en commençant, et même s'il connaît toute l'histoire, je dois bien ça à M. Coruscant. C'est grâce à lui que j'ai pu partir et boucler l'aventure dans les délais impartis par mes parents.

Une dernière chose encore. Je garde un souvenir de cette aventure, le plus précieux de tous : une reproduction miniature de la salamandre, en or massif, que Roberto Bolognese a sculptée pour chacun de nous en gage de remerciement. Le don de la statuette au musée lui a fait une telle publicité qu'il croule sous les commandes.

En visitant son atelier, avec tous mes amis,

je suis tombée sur un carton de croquis. L'un d'eux montre P.-P., tout nu dans une toge d'empereur romain, une lyre à la main et le crâne auréolé d'une couronne de lauriers.

– Oh! un projet pour ma future statue, a expliqué P.-P. Tu ne trouves pas que ça aurait beaucoup d'allure dans la cour du collège?

Décidément, P.-P. Cul-Vert ne changera jamais.

C'est drôle, mais j'ai déjà hâte de le revoir, de retrouver Rémi et M. Coruscant. Un mois encore et ce sera la troisième...

Surtout, ne le dites à personne, on m'étranglerait. Mais vivement la rentrée!

Table

Table

Avez-vous lu les autres aventures de P.-P. Cul-Vert et ses amis dans la collection Folio Junior ?

Le professeur a disparu

Rémi, Mathilde et Pierre-Paul Louis de Culbert – P.-P. Cul-Vert – ont remporté le concours d'histoire organisé par leur ville. Le prix ? Il est inespéré : un séjour à Venise ! Ils seront accompagnés par leur professeur d'histoire, M. Coruscant. Mais au cours du voyage, celui-ci disparaît mystérieusement, sans laisser d'autres traces qu'un morceau de papier sur lequel les enfants découvrent un bien étrange message… (n° 558)

Enquête au collège

Que se passe-t-il donc au collège ? Qui se promène la nuit dans les couloirs déserts ? Qui a saccagé la salle de sciences naturelles et assommé M. Cornue, le laborantin ? Le principal cherche des coupables parmi les internes… Une seule solution pour Rémi et P.-P. Cul-Vert, aidés de la douce Mathilde : découvrir eux-mêmes la vérité… (n° 633)

P.-P. Cul-Vert détective privé

Un lugubre cottage en Angleterre, une hôtesse inquiétante, une duchesse dévalisée, un singulier spécialiste des poisons orientaux… Il n'en faut pas plus pour transformer un innocent séjour linguistique en une palpitante aventure et plonger Rémi, Mathilde et Pierre-Paul en plein mystère. Heureusement, P.-P. Cul-Vert est là. La loupe à la main, il n'a pas son pareil pour résoudre les énigmes… ou pour les embrouiller à plaisir ! (n° 701)

Achevé d'imprimer
en novembre 1996
sur les presses de
l'Imprimerie Hérissey
à Évreux (Eure)

Loi n° 49-956 du 16 juillet 1949
sur les publications destinées à la jeunesse
N° d'imprimeur : 75159
Dépôt légal : novembre 1996
ISBN 2-07-058770-3
Imprimé en France

80344